小花阅读【爱不嫌迟】系列02

刺槐

文 / 野桐

【 幸 而 是 你 】

上海故事会文化传媒有限公司

上海文化出版社

野桐 | 小花阅读签约作者

昵称李咯（lo 第一声）。

一棵来自四川南充的南方植物。白羊座，属性刚烈火热。

致力于生活中的所有反侦察活动，并且把这些用眼睛记录下来的内容通过心灵的熬制奉献给大家。

梦想很大，先实现个小的——希望一只废咯也能熬出尊严。

已完稿：《刺槐》《花道之光》

作 者 前 言

年年岁岁，且慢且长

　　完稿的周末，我跟朋友们在一起聚餐，一间小小的屋子，坐了十来号人，他们都是我在这个陌生城市的家人。

　　出来实习的短短几个月里，我们还像在学校里一样，天天在群里闲聊，大家都乐呵呵的。如果不是那天晚上为了送别两个朋友的聚餐，我根本不会知道其实他们过得并不开心。

　　在我开始写这个故事的时候，我从学校搬了出来，开始是四个人合租，后来变成三个人。大家一个接一个地找房子、面试工作，而我天天坐在电脑面前，一边看他们的聊天记录，一边写稿子，时不时插上一两句。

　　但是我不知道的是，他们面临的困难：接连面试被刷、公司不正规、专业不对口……这些问题接连向他们而去，而每当我因为卡了情节心情不好，在群里说话的时候，他们还是会接连冒出来继续跟我斗表情包。

我觉得自己很幸运，用我娘的话来说，就是"从你来长沙的第一天起，就一直都是顺风顺水的"。不管是当初我不听我爸的话没留在四川来了长沙，还是一实习进了小花，我都是靠着自己心里很大很大的坚持，走完了这条漫漫的长路。

在方纶的番外里，我说——梦想是一种能让你感到坚持就是幸福的东西，我很庆幸自己是一个幸福又幸运的人。

在这个故事里，一开始我给徐行设计了很多很多的情节，可是又被我删了很多，在她的性格里，有我很多很多朋友的影子。他们都像徐行一样保护我这个蠢笨的异乡人，陪我吃吃喝喝、打打闹闹，从寝室到教室两年相伴。我同样也很感激他们，他们理解我的梦想，并毫无条件地支持。

要感谢的人其实很多。

谢谢烟罗姐给我的肯定，让我一直不曾与人分享的梦想终于实现，也让我能更加坚定地写下去；

谢谢胡姐姐，总是很耐心地给我提出意见，让我那颗想跟世界作对的心慢慢消停下来；

谢谢小花组的盆友们，每天询问我字数让我知道我真的不能厚着脸皮不动手敲稿子，三百六十度鞠躬。

再告诉你们一个小秘密，故事里"季诚楠"的原型，是我的哥哥，当然，他并不是一个帅气英勇的警察，我是说，他的性格，嗯！

　　在我来长沙前还不知道天高地厚的时候，一直是他保护我的梦想，鼓励我往自己喜欢的方向走，不要听别人的瞎胡扯大道理，遵从自己的内心，大胆地往前跨步子！

　　我很感激他——这个年长我九岁的大男生，谢谢你让我毫无顾虑地走到现在，比心。

　　嗯，接下来，我还会写很多很多的故事给你们看，不管你们喜欢不喜欢（求求你们一定要喜欢了！），我都想用自己的方式告诉你们，这个世界其实很美好，因为有很多很多怀有善意的人，在这条被年月堆垒起的路上，一直保护你。

小 花 阅 读

【爱不嫌迟】系列

▼

《春迟》
打伞的蘑菇 著

标签： 医疗废品回收 ｜ 两小无猜 ｜ 三人游 ｜ 女追男之路

内容介绍： 医疗器械回收厂厂长的女儿路冬夏为了替父亲分忧，拉到一门生意，却在过程中喜欢上了想要合作医院院长的儿子。女主路冬夏在追求男主穆迟深的过程中遇到了很多莫名其妙的危险，不过两人也在这些危险之中感情逐渐升温。

但最终，女主终于发现这一切的危险和医疗器械的问题都与自己的父亲相关。

穆迟深揭露了冬夏爸爸的恶行，她爸爸在逃亡途中意外身亡。

路冬夏最终选择了离开，独自行走异乡……

《刺槐》
野桐 著

标签： 关注走失儿童 ｜ 长腿警察叔叔 ｜ 养成系 ｜ 爱不嫌迟

内容介绍： 十五年前，一场救援行动，简桦初遇季诚楠。他是为人民服务也为她服务的警员，而她心有困兽不让人靠近。

监护人与被监护人的关系，他用他心里仅存的善良关心照顾着这个女孩。

她忍受亲如家人的生离死别，他陪她一起面对。

她在学校生活里受尽欺凌，他把她推到前面让她学会反抗。

她萌生爱意，他却误以为是对另外一个人，把她推向别人。

她想要找回亲生父母，他虽不愿意却尽心帮忙。

季诚楠，我这一辈子，从坏到好，从死到生，都是你给我的。只要想到你的名字，哪怕前面是高山，是深海，是荆棘万里，我也义不容辞奔向你。

《骄阳》

晚乔 著

标签：大学生裸贷｜冥冥之中的相遇｜女二是明星｜小白兔的反扑

内容介绍： 家境贫寒的女大学生楚漫偶然认识了冷面律师沈澈，因为楚漫奶奶生病急需手术费，楚漫在法律意识薄弱的情况下，擅自将身份证借给闺蜜，在闺蜜的帮助下，奶奶手术费的贷款很快到账。

虽然解了这次的燃眉之急，楚漫却发现自己掉入了一个更大的深渊！

不久后，网上四处都是楚漫拿着身份证的"特殊照片"。

楚漫受到了来自社会和学校等各方面的谩骂。

无奈之下，她想到了沈澈——拥有一面之缘的知名大律师。

他，会帮她吗？

《繁星》

溯汀 著

标签：婚纱设计师｜前任和婚礼｜假扮情侣｜听说爱像云

内容介绍： 作为报复，桐衫在时装秀声名鹊起后，做的第一件事是亲手为前情敌准备了婚礼的礼服。

在婚礼现场，她不出意料地遇到了终止钢琴巡演来"抢婚"的杨斐。

高中时，她为生计早早挑起了家庭重担，跑到琴房偷偷做起了裁缝，而他为了陪她，找了个借口在她的缝纫机旁为她演奏钢琴。

少年少女不敢表达的心意最终酿成一场误会。

她逃离故乡，为了有一天能与他比肩，而他看着她留下的一堆碎布，不知哪个才是给他的衣裳。

多年后再相见，他问她："嫁衣，你敢不敢做？"

原来在最初的最初，小小的他说爱像云朵，飘忽不定。她摇头，手心摊开云朵状的棉团——"如果我爱他就要给他做件衣裳，牢牢地把他锁在身旁。"

与《刺槐》有关的那些事

2011年，在中国公安部的统一指挥下，成功破获了一起特大跨国拐卖儿童案，切断了这一从境外向中国境内拐卖婴儿的通道，摧毁了该组织在中国境内的犯罪网络……

2014年陈可辛执导了一部"打拐题材"的电影——《亲爱的》。

该片已于2014年8月28日在第71届威尼斯电影节上全球首映。

野桐

作为一个每天不刷一波微博就不能开始一天工作的资深网虫，我真的不大关注娱乐圈反而喜欢看社会类的相关新闻。

某天在持续滚动鼠标的过程中，我发现了一些让我震撼的数据。

那是一名社会大 V 发出的关于中国被拐卖儿童的数据统计，它的庞大深深地刺痛了我

的神经!

　　原来在我们平静生活的背后,有这么多、这么多的家庭因一时的疏忽而支离破碎,始终生活在痛苦之中。

　　警方加大了对人贩子的打击力度,很多网友也纷纷列举出被拐卖的儿童后来的去处,还有很多网友自发地筹集基金。

　　然而关于儿童走失的案件却只增不减。

　　我在电脑屏幕前滚动着鼠标,我承认我是一个乐于跟世界作对的小咖,但这一刻我真的想要为这个世界做点什么。

　　《刺槐》这个故事从开始的构建再到大纲,其中包含一些私人情感,那时候我每天六点半就要从学校出发到公司(学校真的离好远嘞)。

　　从地铁口出来转公交的路上就有一个乞丐婆婆抱着一个小女孩坐在一张湿了一大半的报纸上,面前放着装钱的铁碗对着每个过路的人磕头。小女孩看起来不过两三岁,话都说不完整。那时候,我看着真的好心酸,头发花白的年迈老人和眼睛失神看灰蒙蒙天空的幼童,当时那一刻就想写点什么东西,我其实并不知道这对婆孙是不是真的婆孙,也不知道她们是不是也像我这个故事里的女主一样是被卖进一个有组织的团伙,可是我想,不论是哪一种真相,都刺痛着我的心。

　　写故事的过程中,其实最难写的就是女主被救在公安局里还有找回自己父母的时候,我特别怕我处理不好当时的感情,不管是警察给予帮助的时候或是得知自己亲生父母的时候,可是写完下来,我特别希望每一个流浪在外乞讨在街的可怜人,有一天能平安回家。

小编寄语

　　愿每一个新年,你和你爱的人都能团圆。

幸

而

是

你

目录

CI
HUAI

目录

CI
HUAI

人生啊，真的是一步都容不得歇气的漫漫长征。

楔子

梧城，废弃仓库。

男人恶狠狠地看着她，"啪"的一声，一巴掌招呼在她的脸上："才这么点钱？白给你们饭吃了啊！"

脸上火辣辣的，简桦捂着脸，没忍住哭了出来。

"哭什么哭！饭没少给你们吃，钱给我拿这么少回来，是不是藏起来了？"男人往简桦身上摸去，她更加害怕起来，一双手在她身上大力游走。

"我没藏……没藏！"简桦哭喊的声音大了起来，引来还在外面的九叔。

九叔跑过来拦住男人："冯哥，你别打孩子，今天没什么人，我们在外面一天，真就这么点钱了。"

　　"是不是藏你身上了？给老子交出来，不然今天别想吃饭！"冯哥没有停下来的手一巴掌接着一巴掌呼向九叔的头，简桦躲在他身后不敢出声，抽噎声也断断续续。

　　见九叔被打得狠了，她心里慌了，冲冯哥喊叫："别打了，我要报警了，你们会坐牢的，你们会坐牢的！"

　　九叔和冯哥瞬间变了脸色。冯哥手握成拳，一下又一下地往九叔的头砸去："是不是你教她的？还想跑！我看看你们到底跑不跑得出去！"

　　简桦被吓蒙了，她听见九叔的哼哧声，哭声越来越大："不是的，没人教我！我错了，你别打了，别打了！"

　　没有人管她，九叔被打得滚在了地上，外面的人听见声音，进来就看见躺在地上的残疾人和还在挥拳的男人。

　　"哼！他们还想跑，打死他！我看他还敢不敢动歪脑筋！"冯哥见着进来的人便招呼着，又冲来几个高个子的男人，一个扯着简桦，另外几个也向九叔挥出了拳头。

　　"你们别打了，我错了！我不跑，你们不要打了啊！"简桦哭得坐在了地上，眼泪止不住地往下掉，她扯着嗓子喊叫着，还有几个孩子和女人蜷缩在角落里不敢动弹。

　　"跑啊！让你跑啊！死残废没了手还不老实，看我不把你打瘸了！还跑不跑得了！"挥动的拳头不停歇，有血在地上晕开。

　　简桦想爬起来，可是扯着她的男人又一脚把她踢倒在了地上。

九叔被打得疼了，却不敢哼出声音来，最后终于挺不住，晕了过去。

挥拳的男人们终于停了下来，踢了踢地上的人："给我关进厕所去，我看谁还想跑！"说完，眼睛四处看了看周围浑身发抖的孩子和女人。

几个人将九叔抬起来扔进厕所，潮湿的厕所里溅起几滴污水在简桦脸上。

关上门后，她走近九叔，抹开他脸上的血，哭声不止。

"九叔，你醒醒。"她摇了摇地上的人，见没有反应，跑到墙边扯下一块抹布，想止住还在淌出的血。

"九叔，你醒醒啊，我错了，我以后再也不说这些话了，你醒醒……"整个房间里，只有她一个人的声音。

在简桦的记忆里，梧城的街道上，好像每一天都飘洒着变黄的梧桐叶。她每天从乞讨的地方捡起一片，小心地收在衣服口袋里。

那时候她每天跟着九叔出去乞讨，上午在学校门口，下午在天桥，碰上热闹的节日还会去人流很多的步行街附近。

"你抓着我的衣服，不要走丢了知道吗？附近很多人贩子的，专门偷你这样的小孩。"九叔每每都这样告诉她，可是连他自己也忘了，他们两个就是被他口中的人贩子养活着的。

九叔是个残疾人，他的双手被一场车祸夺走，老婆嫌弃他，说是要去大城市做工，就再没有回来过。村里的人告诉他，他老婆走的那天坐在拖拉机上一脸窃喜，开着拖拉机的男人，还摸了他老婆的屁股，于是他们都说"肯定是跟人跑咯"。

他不信，叫人帮他收拾了两件衣服，挎在他胸前。他说要出去找自家媳妇儿，可是还没找到他老婆口中的大城市，就被骗来了现在住的仓库。管事儿的人抢走他身上仅揣着的三百块钱，威胁他带着这些孩子出去乞讨。他一个人孤苦无依，每次反抗都会招来痛打，他屈服下来，换来每天三餐的剩菜剩饭……

简桦偷偷地塞给他一个馒头："叔叔，我吃饱了，你吃吧。"

递来的那双手上，是满满的伤痕。他不忍心，掰开馒头，又递回去半个。

来往的人时不时向他们面前的碗里投些硬币，又匆匆走开。碗里的钱还不到一半，今天晚上可能又会没有饭吃，简桦在心里细细打算着。

赶在放饭前回去，九叔在公共电话亭前站了很久，上面贴了很多的广告。她能识的字已经不少，九叔常常教她念写，现在也能背出好几首诗来。

"你以后一定要读书，这样才有本事，才不用过这种苦日子。"九叔突然对她说，眼睛里有些湿润。

人生啊，真的是一步都容不得歇气的漫漫长征。

简桦不懂，什么样的日子才叫作苦日子呢？从她记事开始，每天就如同现在这般生活着，有吃的东西，有睡的地方，她觉得只要不挨饿，就是好日子了。

"我忘了，你连好日子都没过过，哪还分得清什么是好什么是坏哦？"男人的叹息声频频。

九叔时常同她说起他妻子还在家的日子。那时候，他是村里的赤脚医生，因为没有从医资格证，所以只接待一些他能治好的小病症的患者，碰上谁家老人孩子大病前来，他通通拒之门外："我怕啊，要是把谁给医死了，我可赔不起呢！"

他说那时候不算有钱，但是生活勉勉强强还算过得去。可自从他发生意外变成残疾，便没什么病人来了，媳妇儿总是跟他抱怨家里米没了、盐没了，后来带着赔偿金跟人走了……

不知道过了多久，门被打开，照进来的光刺得简桦眼睛生疼，她有些看不清，可是感觉到有人走近她。

"这里还有人，还有个孩子！"她听见来人冲着外面大声喊道。

然后，又冲进来几个人，把九叔抬走了。她被抱出仓库，被人小心地放在一辆白色的车上。

车里可真干净啊，也没有臭味，她心里想。

> 每一天，同样的月亮底下，有多少生离死别在悄悄发生，
> 多少人的命运从此颠覆，就像许多年前，那个看似平静
> 的夜晚。

第一章
同一个屋檐

【1】

嵇州。

陈克到店里的时候，简桦正好从里间出来，见着她，像是见着救命稻草一样。

"简姐，这都多少天没见着你了啊？求抱抱。"比简桦还高了个头的男人撒起娇来腻味得很，简桦推开迎过来的陈克，往吧台去。

"有事说事。"

两个月前，陈克去北边城市跟合作方谈方案。

听见柳琉提起这件事的时候，简桦觉得不可思议，谈合作方案这种事，是要细致的人才能做的。这间工作室开了没两年，名气还不怎么大，

就陈克整天没正形的样子，不说舒其琛，怎么也得排在方纶后面。

"那不是你前些时候精神不太好嘛，我哥不放心你。方纶姐一个女孩子哪去得了那么远的地方，只好让陈克哥去了。你别说，不止顺利，还听说陈克哥遇见他命中的桃花了。"

简桦听到这里，反问柳琉："我精神不好碍着他什么事了？"

"你……"柳琉被她问得噎住。

陈克跟着简桦正想进吧台，却被简桦一眼瞪得停了动作，只好支手撑着台面。

"就我那个女朋友，哎，你还不知道吧，我从北边城市捡回来的。这两天跟我闹脾气，我不知道该怎么哄她，你给支个招呗？"陈克接过简桦手里的抹布，擦起了台面。

简桦听着陈克这番话，斜眼问他："真是你捡回来的？不是你赖着人家？"

陈克这个人她知道，说话爱往大了说，整个大男子主义。

"哪能啊，真跟着我回来了，说是还没来过稽州，来玩玩。可是这意思不是太明显了嘛，就是想跟着我啊。"陈克满脸得意，手上使力，台面被擦得发亮。

正巧这个时候方纶进来，看着陈克，气不打一处来："你过来干吗？继续往人家住处跑啊，这店你还顾着干吗？"

陈克不理她，继续问简桦："姐，你说我这可怎么办啊？"

方纶见陈克对她的话充耳不闻，经过的时候手肘往陈克身上一击，疼得陈克嗷嗷直叫唤："方纶，你有病啊！"

这下，轮着方纶不理他。

"花、包、化妆品，你看着买，女生都喜欢。"简桦敷衍他。

陈克听了直摇头："这些我都试了，都不要。我觉得她就是这点好，不贪，可是也不好，难伺候。"

简桦觉得陈克才难伺候，抢过抹布："别烦我。"

陈克受挫，转头看着方纶："轮子，你说，女人都喜欢什么啊？"

方纶不看他，从包里抽出钱包："我喜欢钱。"

"你不算女的，而且，你还俗。"

方纶走过来，往陈克脚上一踩："滚。"回头看看简桦，晃了晃手里的东西，问她，"走吗？"

工作室不大，名字却取得雅致——岁暮创意。

舒其琛大学主修室内设计，参加了几个知名度比较高的比赛，得了不菲的奖金。后来得了契机，拉着关系不错的陈克和方纶开了这间工作室，地方不大，但好在次次合作得到的效果不错。

隔着两家店铺不远有条巷子，方纶和简桦常来。

"你别听陈克乱说，那女孩子根本不搭理他，反倒是他，老去烦别人，昨天还被人赶了出来，要不是舒其琛发脾气，可能他还自得其乐。"方纶把烟踩灭，又抽出一根，正要点上，发现简桦那根还有一半，又收了回去。

"舒其琛还发了脾气？"食指弯曲，抖落的烟灰簌簌掉落在她鞋面上，她抬脚踢掉。

"凶了他两句，说要把合伙金退给他，让他别再来了。可你也知道，舒其琛这个人，就是嘴上这样说说，哪能真跟陈克散了伙。"巷子口有人经过，往里面望了望，被方纶给瞪了回去。

"也是。"简桦将烟头摁熄在墙壁上，数量多了，一横一撇的，渐渐成了个形。

"对了，柳琉今天怎么不见来，平常不是黏你黏得紧吗？"方纶想起刚刚在店里就三个人。

"专业老师给叫回去了，多半得挨训。"她从方纶兜里又抽出一根烟，以前这烟味儿闻不惯，现在半天没闻见，反倒难受。

"也是，自从你来了后，不见她怎么去上过课了，马上就要毕业了，这课缺得多了，肯定给她卡着。"

"嗯。"她想起以前，柳琉其实跟她并不对头。

那时候柳琉只要见着她跟徐行，就像是必要获胜的斗鸡，可是现在，倒是亲昵地叫她一声姐姐了。

回到店里，陈克还在犯愁，见着两人回来，又往上凑。

"姐，你说，要不我带她出来聚聚？人生地不熟的，多认识两个人也好啊。"陈克倒是不客气，直接把话挑开了说，意思明了——我跟她现在这样僵着也不好，我直接带来，你们替我说说好话呗。

"没空。"简桦从电脑里翻出资料，一个一个整理好，打印出来，拿给方纶。

陈克不死心："别介，就明天，我订曲艺坊。"他大手一挥，"都去！"说完就出门，留下简桦和方纶面面相觑，这次是动真格了。

可是方纶脸上，除了不乐意，还有不自在。

舒其琛到店里的时候，方纶正在画设计图，简桦搭了张凳子坐在旁边，两个人有一搭没一搭地聊着天，见他进来，两个人反而不说话了。

"看来我进来得不是时候啊？"他往里面走了些，发现吧台里资料散得到处都是。

"哪能啊？这不正说着陈克嘛，怕你听着烦。"方纶打着哈哈。

舒其琛把资料叠好，放进夹层的时候不巧碰落一张纸，上面密密麻麻写着同样的三个字——季诚楠。

这个名字，他知道。

他手上的力气加重，隔了好一会儿才放回去："嗯，也是。"

方纶看舒其琛这反应，怕他跟陈克置气："你也别当真，你知道他的，也就动静大，真说起来，不会费太大心力的。"

简桦起身，听见方纶的回答，声音清亮："世界上没有哪件事不是费心费力的。"

曲艺坊擅长日本料理，柳琉在店门口的沙发上坐了好一会儿，才见简桦来。

这之前，她连续给简桦打了二十通电话：“陈克哥好不容易请次客，能不来敲他一笔吗？这次还是日料哎，机会多难得呀。

“你怎么还在家磨蹭啊，我今天还是特意旷了论文指导来的，你还能有多大的事儿拦着啊？

“反正我哥在来的路上了，等下你自己看着办吧，是你自己来还是他去接你。”

果然，只要有能不麻烦舒其琛的时候，简桦才能勉强答应。

晚上七点，店里的人渐渐多了起来，好在陈克预订了包房。

柳琉跟在舒其琛的身后，不禁感叹：“大手笔啊，大手笔啊，这朵命中的桃花果然不简单呀。哥，你说陈克哥这次是不是下定了决心啊？”

简桦走在最后，充耳不闻。

舒其琛停下脚步看她，边冲她招呼着，边回柳琉：“哪次不是说认真的？”

“也是，啧啧，”柳琉噘起嘴叹息着，“也没哪次真能成。”

方纶还没到，三个人坐在包房里，舒其琛给陈克打电话，柳琉催着方纶。

简桦觉得无聊，自顾自地刷着网页。

一条推送提醒，她点进去——梧城最美一幕，年轻警官救下险被货车撞伤的女孩。

新闻最下面还有配图，拍照的人兴许站在人群后面，镜头里是簇拥在货车前的人群，仔细看才能看清货车下面，是一身伏倒在地的警服，穿着警服的人双手扣着女孩的头，看不见脸，被女孩的头发遮挡着只露出一双眼睛。

那双眼睛，她再熟悉不过。

……

包房的门突然被哗啦推开，只见方纶一脸怒气地进来，脱掉鞋便坐在简桦旁边，眼睛直视着身前的桌面："神经病。"

"怎么了？"舒其琛问她，简桦和柳琉也同样看着她。

"陈克那个神经病，他带来的那个女人也是个神经病，两个人在门口吵着呢，非拉着我。他说那女人听见带她出来见朋友，死活不愿意下车，让我去劝，我好心好意去吧，她连车窗都不开，转头问我算个什么东西，神经病啊！"方纶气急了，说到这里，左手握拳往桌上狠狠一砸。

柳琉被吓着，忙说："是啊，太不通人情了，等会儿得给个下马威啊。"刚说出口，她便被舒其琛给瞪了一眼。

简桦听着，也说："陈克办事不细致，应该早跟她说好，现在好了，我们自己吃吧。"说着就拿起菜单准备点菜，按了铃，以为是服务员进来了，看过去，才知道是陈克。

舒其琛起身，问他："人呢？回去了？"

陈克站在门边，还不等他开口，便一把被人推了进来。

"杵在门边当死尸啊！"

陈克一个跟跄，跌倒在方纶旁边。

方纶正没处儿撒气，一脚又踢了过去。

"方纶，你神经病啊！"

"你才神经病，你跟车上那女的都是神经病！"方纶往简桦的位置靠了靠，拿过简桦面前的菜单，她要狠狠敲陈克一顿才行。

正得意自己这个主意不错时，她又听见车上那女人的声音："东西就是东西，骂人都没新词儿的。"

简桦的位置背对着门口，柳琉跟舒其琛与她相对。

屋子里一下子安静下来，但是没过几秒，她听见柳琉发出一声惊呼，旁边的方纶暗自骂了一句脏话，还有她耳朵里清晰的嗡嗡声。

这声音，在她的脑海里勾起了好些画面，清晰又晃眼。

【2】

十一年前，梧城市公安局。

简桦在房间里等得有些不耐烦，开门跑了出去，转弯的时候看见刚刚给她糖的那个人。

几个小时前，她被带进一间漆黑的屋子，空间很大却很陈旧简单。她害怕，蹲在角落里不回答对面的打量她的年轻男人任何一个问题。

也许是拿她没有办法，年轻男人跟旁边还在记录的人打着耳语："哎，这个我真没办法了，换你了。"

旁边的男人抬起头，看着角落里的简桦，心里突然涌起一阵酸楚。他起身，朝她走来。

阴影投下，他在她身边蹲下，手伸进衣兜，摸出一颗糖。

他小心地剥开糖衣，伸手递给她："我叫季诚楠，你叫什么名字？"

简桦往角落里又挪了挪，摇摇头依然不肯出声。

季诚楠叹气："你不用害怕，这里是公安局，我是警察，只要你回答我的问题我就能帮助你。"

简桦抬起头，警察？九叔说的会帮助我们的人吗？她心里默默想着，又看了看面前的男人。

她怯生生地伸出手，将糖攥进手心里："简桦。"

"我二十一岁，你呢？"季诚楠见她接话，又问她。

可眼前的小女孩摇了摇头："不知道。"

"那你知道仓库里管事儿的人是谁吗？"

"冯哥，他们把九叔打出血了，你们救救九叔，救救他！"她想起九叔，突然一把抓住季诚楠的手腕。

"你别担心，他现在在医院，会没事的。"他伸手摸向她的头。

她害怕，一下子坐在了地上。

"你还记得你是怎么跟他们在一起的吗？"

简桦摇了摇头。

"那其他人呢？"

简桦还是摇了摇头，好几个问题她都答不上来，心里念着九叔，她只记得九叔流了好多血，一直没有醒过来。

他一定是个好心人吧。内心的声音促使着她往前，手一抬，她就扯住了季诚楠的衣袖。

"叔叔，你能带我去看看九叔吗？他流了好多血，我怕。"她的眼睛里透出害怕。

季诚楠看她，却不说话。现在四周明亮，他错愕了一下子，才能清楚地告诉自己：这不是她。

简桦不明白为什么刚刚还说话温柔的人现在却对她视而不见，见他不愿意，扑通一声跪了下去。

"叔叔，我求你了，你带我去好不好？我就九叔一个亲人了，他要是没了，我就真的只有一个人了，我求求你了，求求你了。"她松开季诚楠的衣袖，双手撑地，磕头的声音一声比一声响。

周处长刚巧从办公室里出来，撞上这一幕，心里有些不忍："小季，你带她去吧，这孩子也不容易，让她见见也能安心。"

得到领导的批准，季诚楠这才将手里整理好的资料递给同行的人，拉起还在磕头的简桦。

"我带你去，"他看着简桦灰扑扑的脸，"但是你得先洗把脸。"

"谢谢你，谢谢你！"简桦听着他的话，又跪下给他磕了几个头。

走廊里，周深离着老远便见季诚楠走过来，招呼着他过去。

季诚楠往病房里望了望，对简桦指了指："你的九叔就在里面。"

简桦顺着他指的方向看过去，看见好几个护士正围站一团。

她一路跑到九叔的病床前，看着他们七手八脚地按压九叔的胸腔，心又悬了起来。

"可能不行了，刚刚下了病危通知书，我正准备给局里打电话。"周深把手里的东西递给季诚楠。

"那个小女孩是谁，今天带回局里的？"周深看了看病床前的简桦，示意季诚楠去旁边的椅子坐下。

"嗯，发现的时候跟里面的男人在一间屋子里。"

"你说这些人心可真狠，脑袋被打得血肉模糊了。"周深叹着气，从口袋里摸出烟，刚要点上，想起这里是医院，又把手收了回去。

季诚楠翻看完手里的通知书，揉了揉眼睛，身子往后靠着椅背："要是有人性的话就不会不放过这些孩子，最小的才三岁。"

"也是……"

话还没有说完，病房里突然响起的哭声把他们又惊着了。

"九叔，你别睡，不要丢下我一个人啊！你醒醒，你醒过来！"哭声充斥着整个病房，有护士要把简桦拉走，她紧拽着病床不肯撒手。

季诚楠进来的时候发现心脏监测仪上面已经显示成一条直线，手里的病危通知书被他抓皱。

"求求你们了，救救他吧，他是我叔叔，是好人，你们救救他！"简桦又跪了下去，对护士医生们磕头，就像刚刚一样，每一下都重重砸在地上。

这一声声，也砸进季诚楠的心里。

周深不忍心看下去，转头面向病房门口。

护士们有些手足无措，她们没有想到，这么小的女孩子不知道哪里来的力气，就这样跪在地上，谁也拖不动她。

周深把手搭在季诚楠肩上："我有些受不了了，最看不得这种画面了。"说完，就走出了病房。

季诚楠想一起出去，却挪不动脚步。

简桦突然起身，跪在了病床前，她举起九叔的手，一直紧握着的拳头松开，想把手心里的东西拿给病床上的男人。

季诚楠这才看清，是上午他拿给简桦的糖，被他剥开糖衣的那一颗已经化掉，糊成一坨。

"九叔，你快醒醒，刚刚有个叔叔给了我糖，我留给你的，你不是说，糖是世上最甜的东西，吃了就会变开心的，你快起来吃，吃了就不痛了，你就会好了，你快起来，你快起来啊！"简桦把手里的糖喂向九叔，可是床上的人张不开嘴，她一只手拿着糖，一只手想掰开九叔的嘴，化掉的糖糊在嘴边，她又剥开另一颗糖。

可是，床上的男人，依然没有反应。

季诚楠回到局里的时候，已经是晚上八点多钟，可是忙碌的人依然很多，带回来的孩子大多是被拐卖来的，同事们正从资料库调取出近几年失踪的儿童资料。

周深打听到处长下了命令，一周之内必须把所有孩子送回他们父母身边，他跟季诚楠抱怨着，而旁边的人像听不见似的，兀自走开了。

路过看护室的时候，季诚楠却停了脚步，鬼使神差似的，推开了房间的门。

简桦依然蹲坐在角落里，头埋在臂弯里，季诚楠听见她还在哭。

他走近她，在她身边坐下来，拉开她的手，放进一颗没有剥开的糖。

其他的孩子已经睡了，简桦抽鼻子的声音显得格外响，季诚楠看着熟睡中的孩子们，觉得简桦跟这些孩子有些不同。

她不会讨好，不像其他孩子会甜甜地叫一声哥哥姐姐，脸上笑得好看，让人看了心里喜欢。

从见着她开始，她就把自己围在一个圈子里面。

"他去了一个更好的地方，那里没有疼痛，只有幸福，所以你要过得开开心心的，别让他担心。"季诚楠轻声地跟身边的女孩说，怕惊扰着她，也怕她眼泪决堤，连带着他的心也微微抽疼。

隔了好久，季诚楠听见简桦的声音，带着浓浓的鼻音："真的吗？"

"嗯，别哭了，不然他心里总是牵挂着你，会不好受的。"他想伸出手抱抱她，可是手却停在了半空中。

简桦看着脚上破烂的鞋。

"我的鞋是九叔帮我捡的。"

"我的名字是九叔给我取的。"

"九叔说以后会让我去念书。"

"他说念书能让我过上好日子。"

"他说我没有家，可是他是我的家人。"

"他说，警察会帮助我们。九叔，警察真的来帮我了，可是你怎么就不醒来了呢？"

季诚楠听见简桦有些抽噎的声音，她真的好爱哭。

"不要哭，以后你可能会一个人走很长一段路，会磕绊、会摔跤、会跌倒，可是九叔都在看着你，所以你要记住，他就在你身后。"季诚楠把放在她手心里的糖剥开，喂向她嘴边。

简桦怔怔地看了好久，张开嘴吃了进去："嗯，我跟九叔约定好了，以后我不能让他担心。"

看着悲戚无比却咬着牙关含着糖不让自己哭的简桦，季诚楠只觉得心头被人重重地敲下一锤。

每一天，同样的月亮底下，有多少生离死别在悄悄发生，多少人的命运从此颠覆，就像许多年前，那个看似平静的夜晚……

房间里的孩子大多被接走了，还有好几个孩子的父母正从外地赶来。

而发出去的信息里，简桦的认领处依然是空白。

"这孩子从三岁的时候就被送来了，是卖来的，家里不要，我只能留着啊。"审讯的时候，管事儿的冯哥说。

"我每天三餐一顿没给她少了，你们自己去看，小姑娘可精着呢！

那天晚上要不是她说报警，我也不可能打这么狠！"

"警官，你看我都交代得这么详细了，能不能少判几年啊？"冯哥不死心，想替自己争取少判几年刑。

季诚楠看着他，眼睛虚眯着："你别忘了，你身上还有一条人命，再加上你这几年拐卖儿童，你等着牢底坐穿吧。"

他心里泛起的波动越来越大，这么小的孩子，被父母丢弃，在这样苦难的环境里，九叔是她唯一的寄托，可是这个带她成长的人，却永远离开了她。

"送福利院吧，这孩子不可能一直留在这里，也没人照看。"他把情况报告给周处长的时候，周处长跟他交代着。

他不忍心。

【3】

周深不可置信地看着季诚楠："你什么意思？季诚楠，你不会是想养那孩子吧？"

虽然是疑问语气，可是桌子上的领养证明却清楚显示，这是事实。

季诚楠回过身，反问他："有问题吗？"

他说得理所当然，这有什么问题吗？那孩子，现在跟他是有法律上的关系的。

"你是不是脑子坏掉了？你来带这个孩子？她已经记事了，你问过她了吗？"周深怒不可遏，平日里冷静克制的人这个时候犯什么糊涂？

他来带这个孩子，以后传出去别人会怎么说他？

几天之后，他们再次见面。

"你好，季诚楠，二十一岁，人民警察，以后是你的监护人。"带简桦回家的那天，他向她伸出手。

简桦抬头看着他，个子很高，比仓库里最魁梧的男人个子还要高出一些，看着精瘦，眼睛狭长，左眼下方的泪痣像是不小心糊了一滴墨水上去。

她伸出手，覆在季诚楠的手上："我叫简桦。"

她感受到他的体温，这个后来好几年她都一直离不开的温度，一点一点地把她心里的冰霜融化掉，把世界上所有的温暖都带给了她。

可是相处久了，简桦发现季诚楠这个人其实有些难以捉摸。他会每天早上早早起床给她准备早餐，却不会和她多说一个字；中午帮她订好外卖，告诉她不要给陌生人开门，便草草地挂断了电话；晚上回来的时候，大多数时间他一个人在书房里，而她怕吵着他，总把电视声音开得很小。

然后有一天，他突然问她："你想不想去上学？"

那时候，他们已经朝夕相处了两个月。季诚楠将书柜里尘封了好久的字典给她，让她自己看，有不认识的字就标记出来，他晚上回来再一个一个教她。

两个月里，她已经能将字典上的字认全，还能根据季诚楠给她的成语造一些简单的句子，虽然有时候读不通顺。

"我有个朋友在附近学校做老师，我已经打听好了，新学期开学能让你做插班生就读。你不能只是认识一些单字而已，以后你还要过好日子的。"他突然的一句话，像石头砸进水里一样砸进了简桦的心里，她眼睛湿润了起来。

季诚楠注意到她的小小变化，也噤了声。

两个人在客厅里坐了很久，窗外有汽车经过的声音。

"明天你把书房桌上的数学题看一看，不会算的我回来再教你。"他起身进了卫生间。

简桦听着卫生间里传来的水声，慢慢又把自己蜷缩起来。

九叔，现在有个人对我很好，他教我识字，给我做饭，给我买新衣服新鞋子，我觉得我现在进入的这个世界有些不真实，可是他跟我说的每一句话我都牢牢记在我的心里，你在那边过得好不好？

九叔，我觉得我做了一个梦，梦里有个年轻的你，陪伴着我成长。

……

季诚楠出来的时候看见简桦蜷缩在沙发上，走近才发现她睡着了，他轻轻抱起她进入卧室，小心掖好被子便退了出去。

入学那天，季诚楠特意借来了周深的车，他的车前几天被楼下的小孩刮花，还在维修。

车奔驰在路上，他开得平稳，街边的风景一点一点从窗边扫过。

前天季诚楠带着她去商城买衣服和学习用品。她看着橱窗里的东西，觉得现在的一切就像是一个虚拟的世界。几个月前，她还在街边上一跪就是一整天，现在却走在光滑明亮的地板上，每一步都走得虚虚晃晃的，好像一不小心，就会跌落下去。

"简桦，你来看看这个。"季诚楠叫了简桦好几声她才听清，她走过去，闻见他身上的味道，一种淡淡的香味。

"这个书包怎么样？可以直接拖动的。"轮子是多向的，这样拖动起来不用费多大的力气。

季诚楠觉得简桦的肩膀太瘦削了，会被沉重的书给压垮。

简桦趁着季诚楠转身的时候偷偷看了看标签上的价格——328元，是她以前跟九叔两个月才能讨来的钱，她松开手："好贵。"

季诚楠瞥见她的小动作，不由得好笑起来。

"价钱不是你来担心的。"他看她，头发不长，刚好到脖子，藏起她细长的脖子。

"不要，太贵了。"她走向另一边，拿起一个双肩背包，又偷偷看了看价格，发现她依然不能接受，赌气地把书包放下，走向门外。

季诚楠不理她，拖着刚刚看好的书包去了收银台，又回过头："不要乱跑。"

简桦见他掏出钱包，有些急了："你不要买，我不要，太贵了！"她冲进来扯过拉杆，藏在身后。

"嘀"的一声完成了付款，收银员的声音响起："欢迎下次光临。"

季诚楠径直走出去，不再看简桦。

简桦握着拉杆的手抓着也不是，松开也不是，看着季诚楠走远了，拖着书包就跑了出去跟在他身后。

"季诚楠。"她在他身后叫他。

"叫叔叔。"季诚楠嘴里淡淡地吐出一句。

"季诚楠。"她不死心，继续叫着他名字。

前面的人不理她。

"季叔叔！"她见赌气没用，只好妥协。

季诚楠停下脚步，转头看着她："干吗？"

"太贵了，我不能用。"她刚刚一直追着他，一阵小跑弄得脸红红的。

"这个得用到你小学毕业，我可没时间给你缝缝补补那些质量差的，也不会再给你买了。"他看着简桦低下去的头，轻声说道。

简桦听见他又走开的脚步，只好无奈地拖着书包跟在他身后。

回去的时候，季诚楠提着她所有的东西上楼，简桦缓慢的脚步让他脸色沉了下来："很累，走快点。"

她闻声，看向他提着东西的手。

他的手可真大，白皙修长的手指，因为提着东西，有青筋微微突起，简桦伸出自己的手，比对着他们俩的手。

是他用他那双手把她拉出那片苦海的啊。

她噔噔噔地跑上去，从季诚楠手里接过袋子："我来提吧。"

季诚楠斜着眼看了看她，将手里最轻的袋子分给她："掉了你就自己买。"

　　睡觉前，他把新买的笔和本子一样样地收好放进简桦的书包里，打开文具盒的时候发出轻轻的声音，他望向床上的人，皱了皱眉头，想着别吵醒了熟睡的人。

　　简桦的桌上还放着之前他拿给她的字典，几个月下来，书页已经卷边，内页有好几张已经松动开来。

　　他翻了几页，里面是简桦满满的字迹，她的字有些丑，歪歪斜斜的，想起刚开始的时候，她连笔都握不好，是他一根手指一根手指地掰好，再教她一笔一笔地写上去。

　　明天得给她买本字帖，这字太丑了。合上字典的时候，他心里想着。

　　女孩子，字写得好看一些，也给人一种娟秀的感觉。

　　报到的人很多，家长拉着自家孩子从学校大门到教室，人挤人。

　　季诚楠攥着简桦的手，一刻也没松开。

　　到教室的时候，已经坐了好多孩子，他拉着简桦坐在靠前的位置，把书包放在她脚边，就找老师去了："不要乱跑。"

　　他总是喜欢跟简桦叮嘱这句话，好像他一走开，简桦就一定会走丢似的。

　　孩子们大多围坐在一起说话，简桦左右望了望，身后有个女孩子正看着她。

　　女孩见她望过来，冲她甜甜一笑。她还不怎么会与人打交道，躲不过善意，她微微向女孩点了点头，这是她从季诚楠那里学来的。

女孩有些欣喜，抱着书包从自己的位置上起身跑向简桦，拉开她旁边的凳子坐下。

"你好，我叫徐行。"女孩转向身子看着简桦。

"没人会喜欢冷冰冰的孩子。"季诚楠昨晚的话在简桦耳边响起。

她面向徐行，学着自我介绍："你好，我叫简桦。"

"你也是今天转来的吗？我跟我爸妈刚从外地回来，今天才来这所学校。"徐行见简桦回她的话，兴奋地跟她交谈起来。

简桦看着女孩子凑近她，有些刻意的闪躲："是。"

"啊，好巧啊！以后我们坐同桌吧，我都不认识大家，感觉好难融进去啊。"徐行没有介意简桦刚刚的闪躲，伸出手来想跟她示好。

简桦本来想扭过头，看见季诚楠从窗边经过，又想起那句话——"没人会喜欢冷冰冰的孩子。"

她只好伸出手。

季诚楠进来的时候就看见这样一幕，嘴角不自觉地上扬。

"我先回去了，下午下课我来接你。"他走到简桦的桌子边叮嘱，看着坐在她身边的徐行，"要跟同学好好相处知不知道？"

简桦目送着季诚楠的背影，突然有些不适应。

"他是谁啊？你哥哥吗？"徐行又凑近她，再次问道。

简桦一直看着季诚楠走到窗边，直至消失不见。

他是救我于水火的人。

"我叔叔。"简桦趴在桌子上，闷声回答。

"好年轻啊！真帅！"徐行双手支着下巴，眼睛顺着季诚楠离开的方向而去。

走廊上响起"嗒嗒"的脚步声，班主任拿着教案走进教室。

"同学们好，我是你们的班主任，姓余，以后你们可以叫我余老师。"

……

【4】

曲艺坊内。

菜已上齐，但是气氛不太好，谁也没动筷子。

陈克的目光在几人间流转开来，这跟他一开始想的不一样啊。

方纶这个人性子急，再加上刚刚在门口闹得不愉快，他不打算指望她了；简桦慢热，熟了也就能聊得开了；但是舒其琛和柳琉怎么回事？谦谦公子的形象不该是他先开口打声招呼吗？柳琉平常叽叽喳喳的，现在怎么也没话说了？

再看坐在他旁边的人，看了好一会儿手机，终于抬起头了，倒是熟稔地招呼着："吃啊，陈克有的是钱，不吃白不吃。"说着拿起筷子就去夹菜，可是尽挑面前的碟子，不往别处去。

见几个人还没动静，陈克忙着介绍，缓和着气氛："这是徐行，我桃花……"

话没完，方纶一拳暴击在他头顶上。他觉得尴尬，瞪了方纶一眼，见旁边的人若无其事地继续动着筷子，只得尴尬地挨个介绍下去："这是舒其琛、柳琉、方纶、简桦。"

他一一指过去，可是她吃得正欢连看都不看一眼。也是，是她的性子，当初第一次见着的时候，她把包往地上一扔，不顾旁边还怒气冲冲的人，抓起桌上的肘子就啃。那气魄，活像要吞掉一座山似的。

"吃啊，还愣着干吗？简姐你可真懂我心思，专点她爱吃的，你看她吃得多开心。"陈克自己也拿起筷子，在桌子下踢着舒其琛求他圆场，没承想踢着柳琉了。

"也就有些人还吃得下，一帮子人看着她，她倒无动于衷。"柳琉盯着徐行将面前的那碟子吃得干净，"啊，我忘了，有些人没良心的。"

气氛降到冰点，方纶心里特感激柳琉，这个下马威给得真带劲儿。

"是啊，我没良心。你呢，她呢？"徐行放下筷子，眼睛直视着简桦。

方纶感受到投射过来的目光，看着她一脸不知所措，关我什么事？我骂你两句就没良心了？不是你先开口的吗？可是，好像不对劲……

"我俩的良心一模一样，谁也比不上谁。"徐行从包里掏出化妆镜，对着补口红，左右看两下，又问，"还有，跟你又有什么关系？柳琉，你们的关系已经好到让你替她开口了？"

这句话出来，倒是让陈克和方纶蒙了。

认识啊？这个"她"又是谁啊？

"你……"

"柳琉。"

"柳琉！"

两个声音同时而起。

陈克和方纶循声看过去，登时傻眼，这都认识啊？

"叫她干吗？继续说下去啊，我倒是想听听，这几年我在你们眼里成了什么样了？"徐行好笑地看着柳琉瞪大的眼睛，没长进，跟当初一模一样，除了瞪大眼睛就没别的本事了，比谁眼睛大啊？

陈克心里暗叫不好，急忙给舒其琛使眼色，你倒是帮帮忙啊，控下场子啊！

方纶心里暗爽，好戏就要开场，谁也不要拦着我，我要坐在最前排听戏！

舒其琛看着陈克，心里也直发问，她们两多年前不还是孟不离焦的吗，之后到底怎么了？

也许是陈克眼神里的不解和迫切让舒其琛决定自己是该在这个时候开口了："今天是个开心的日子，大家都动筷子，别让陈克……"

"好日子？呵呵。"不等他说完就响起一声嘲笑，徐行把目光从简桦身上挪到舒其琛身上，"舒其琛，哪里这么多好日子？也就你自己云里雾里看不清楚觍着脸跟在她后边吧？当初她是怎么跟我说的来着？我想想啊……对了，她说她不喜欢你，可是现在呢？你们郎情妾意地在--起了？心可真大啊，我都没那么大的心呢。"

陈克伸手扯住徐行，今天是来吃饭的，大家就是图个开心，说话别这么过啊。

徐行挣开陈克的手："拉着我干吗，你说你认识的都是些什么人，谁……"

"说够了没？"方纶正急于等着徐行接下来的话，好细细整理这段缠丝情仇，没料到一直没说话的简桦却开了口。

所有人都望向简桦，有探究的，有鼓舞的，有感谢的。

可是简桦只看着徐行。

"没有。"徐行咬着牙，眼里含着泪。

"没有也别说了，你吃饱了人家还没吃呢。"简桦不接她的话，拿起筷子往舒其琛前面的碟子探去。

柳琉跟着有了动作，渐渐地，除了徐行，都动起了筷子。

一餐下来，桌上的人觉得漫长得要命。

陈克看着徐行，她还在低着头玩手机——手机这么好玩啊？我要是那手机就好了。

一行人出了曲艺坊，各怀心思。

陈克把徐行拉到一旁，不敢对她动气，求爷爷告奶奶地劝着徐行路上不安全，他还是送她回去好了。

可是徐行不搭理他，看着往反方向走的四个人，只问了陈克一件事儿便走了。

陈克这事儿哪敢依着她，开了车门就要坐上车，玻璃窗却被人叩了两声。

是柳琉。

"陈克哥，前几日我听说你命中桃花的时候我还挺替你高兴的，你整天没个正形儿，我哥说你耷拉着脑袋老往桃花那儿跑坚持了好一阵了，这是认识这么久我在你身上唯一看见的榜样意识了。可是徐行吧，是朵烂桃花，你还是扔了吧。"

陈克听得青筋直跳——你连桃花都没有，还不知烂桃花的好，德行儿！

可不等陈克爆粗口，柳琉就跑远了。

方纶跟着简桦到了家门口，两个人住得不远，连舒其琛都走了，她却还跟着。

简桦看她，方纶还想听戏，手拍着兜："瘾儿上来了，抽两根呗。就不上去了。"

两个人在花坛边坐下，点烟的时候方纶一下子招呼两根，再分给简桦一根。

"那疯婆子你们都认识啊？"开始方纶只觉着徐行没教养，一餐饭下来，何止教养问题，整个脑神经都不对。

简桦抽得慢，她都只吸一小口，味进来，嘴里苦得很："嗯。"

"很熟啊？我猜，她今天说的人是你吧？"

"是。"

"她是谁啊？"方纶觉得自己嘴欠，徐行嘛，刚刚在饭桌上的时候，陈克已经介绍过了。

简桦开始还搭话，虽然就简单的一个字吧，那也是个戏本注解嘛。现在连短信只回复一个字都算钱了，她的回答也是有价值的。

一根烟抽完，简桦俯身摁熄在地上，出现一个豆子大小的黑团子。

"第一个朋友。"是她那些年，第一个叫作朋友的人。

"哦。"方纶再递给她一根烟，"你是我第一个同性朋友。"

简桦抬头看她，心里感激，这三年她辗转来了这里，方纶是第一个同她亲近的人。

"回吧。"方纶站起身来，往灯光下走去。

影子被圈进来，她低头看了眼，对着地面说："你也是我朋友。"

这天夜里，简桦反复看着手机里的那条短信，只有短短的两个字，她曾经以为，再见面的时候，就算不能冰释前嫌，她们两个至少还能和和气气地说上两句话。

可是看今天这样子，怕是很难了。

徐行她还是记恨着自己的。

而在城市不远的一间酒店里，徐行终于从陈克那里拿来了手机号码。她进入编辑界面，在姓氏栏前标上了一个"A"，备注里写着"我最好的朋友"。

这一夜，两个人难眠。

两个人曾经都是冷漠又绝情的行者，各自抛下的东西里，有一部分，在今天意外重逢。

【5】

翌日。

上次陈克去谈的合作方案，今天得到了回复。舒其琛特意将方纶和陈克叫来工作室，开了一个简单的会议。

会议就在共有的工作桌上进行，陈克到的时候，两个人已经开始做详细的计划。

看见简桦的时候，他觉得有些不好意思，打了声招呼便往舒其琛的方向去了。

方纶见着他，冷嘲热讽："哟，垃圾收集者今天不捡烂桃花了？"

陈克没好气："方纶你一天少哼哼两句会死是吧？"

舒其琛拿他俩没办法，敲了敲桌面："工作。"

方纶不搭理他，继续听着舒其琛的想法。陈克的位置正对门口，正好能看见简桦。

她好像对昨天晚上徐行那一出并不在意，开着网页自顾自地看着，可能是感受到陈克的目光，扭头看着他，眼神里透着询问——干吗？

他赔着笑摇头。

会议不长，合作方要对办公室布局进行整改，风格要别致一些，双方沟通好意见后，他们三个只需要分好工，一周之内就能画好图。

只是这一单如果做得好，意味着他们能拿下一整栋楼的室内设计，单子不小，容不得马虎。

简桦见他们散开，起身去收拾桌面，陈克见此机会，又凑到她身边去。

"简姐，有个事儿我可能做错了，得跟你说一声。"他语气可怜，像是先认错了一般。

"说。"

"昨天实在是不好意思，闹了出笑话。你也知道，我本来是想她一个人来这儿，没什么认识的人，就想着大家认识认识以后有个照应……"

"重点。"简桦听得不耐烦，站直身子问。

"就是，昨天散了场后，她非问我要你的手机号码，当然我没给，我想着这是你的隐私我不好这么给她，但是她诈我，趁我去厕所的时候偷偷看了我手机，我也是后来才发现我手机停在你的通信界面的。"

简桦听了半天，无奈地看着他，你直接说她有了我号码就行，哪用得着这么曲曲折折。

"哦。"纸杯重叠好，她就要走。

哦？陈克更加不好意思了："姐，你不会怪我吧？"

看昨天晚上那实在不太好的气氛，她们之间肯定有什么事儿的，现在他办事不力让徐行拿去了手机号码，万一她又闹起来，他真觉得对不起简桦。

简桦回了吧台，继续看着网页。

"我比你了解她，你不用放在心上。"

我比谁都了解她，她经不起谁激她，一激她准跟谁急起来；

我比谁都了解她，她要的，除了那个人，什么都能得到手。

关好电闸，已经夜里十点钟了。

小雨又下了起来，简桦站在店门前准备撑伞，来回试了好几次伞也撑不开，拿近了些看，才发现伞扣生了锈。

她靠在店门上，无聊地数着从门口经过的车辆，到第七辆的时候，听见一阵脚步声向她靠近。

伞往上提一些，是舒其琛。

"你怎么来了？怕我把你的店给掏空啊？"简桦走下台阶，舒其琛的伞就靠了过来，把她笼进伞里。

"你要是愿意，收去了就是。"舒其琛笑，把我收去也是可以的。

简桦听出他话里的意思，尴尬地往外挪了一些。舒其琛看见她的动作，把伞往她那边又靠了些。

天气有些冷，简桦轻轻吸了吸气，舒其琛听见，这次不仅是伞，连人也往她身边靠拢了些。

"是不是柳琉给你打电话了？"一路上太安静，简桦想着之前柳琉出店门时在门口盯了她好一会儿，猜到了几分。

"是，那丫头惦记你惦记得紧。"舒其琛低头看她。

她的眼睫毛很长，弯弯的，很好看。他记得第一次见着她的时候，她站在徐行的身后，一脸紧张。

"是啊，当初瞪我也瞪得勤。"

可是这两年，柳琉老爱往她的住处跑，有些时候带些蔬菜水果，有些时候背着两本书，在她的床上一赖就是一下午，直到夜幕降临也不见走，招呼着说要做饭。等饭菜一好，门铃也就响了，门口的舒其琛，又提着大袋小袋的蔬菜水果。

"舒其琛，你知道的。"站在楼梯口的时候，舒其琛还不见走，简桦知道他心里想的什么，觉得还是说清楚的好。

可是舒其琛跟听不见似的："昨天，你跟徐行是怎么回事？"

其实昨夜他也纳闷了许久，以前碰见简桦的时候，总是跟徐行在一起的，两个人当初什么样子他自然是知道的。只是昨天的情形，不似从前。

简桦看他："柳琉大多跟你说了，你还来问我？舒其琛，有时候你这个人挺爱管闲事的。"

舒其琛被她噎得说不出话，笑得有些勉强。

简桦往上又走了两步，身后的人又跟了上来，不等脚落地，他听见简桦说："别跟了，到家门口了。"

这种拒绝的话，简桦这两年说得越来越多。

舒其琛不动，等简桦要拐上另一层时，他问她："要不你还是搬去跟柳琉住吧，两个人至少……"

"不用了。"

简桦猜得没错，徐行的性子还似几年前，急躁、耐不住。

上午的时候，陈克方才同她说了徐行拿走她号码的事，晚上徐行便打来了电话。

挂断电话之后，她就开始洗手做菜，专拣徐行爱吃的做。她还记得小学时候，徐行的奶奶担心她营养跟不上，特意每天多做一份饭菜让徐行带着。那个时候，两个人不同班上的同学去大食堂吃饭，坐在教室里，津津有味地吃着徐奶奶准备的饭菜。

现在想一想，觉得恍若隔世。

"也不怎么样嘛，简陋得都没有一处下脚。"从进屋开始，徐行便四处打量着，这里嫌弃一下那里吐槽一番，然后得出结论。

简桦不接她的话，最后一道菜摆上桌，只是叫她吃饭。

徐行没好气，坐下来用筷子拨弄了三两下，便丢了筷子："这也能吃啊？"

算不得丰盛，就是些家常菜。

简桦抬头看她，故意从她面前的盘子里夹起一筷子放进嘴里："爱吃不吃。"

"你！"徐行重新拿起筷子，装腔作势地在桌子上重重点了两下，"变得牙尖嘴利了啊？没看出来你还有这么一面啊。"

简桦不动声色地继续吃着，脑子里努力地回忆着，她还有哪些样子是徐行没有见过的。

对了，她曾经为了能吃上一餐饭，偷偷将旁边孩子碗里的钱往自己碗里挪了一些；还有那个时候，为了制止冯哥他们对九叔的拳打脚踢，她大叫着说要报警。现在，又是一个人生活，她为了让自己看起来强悍有力，说话总是带着刺儿。离开梧城之后，没来稽州之前，她靠着这副模样，生生挨了客人一巴掌。

这些样子，都是她为了保护自己，垒起的一层又一层保护墙……

"你来稽州干什么？真要跟着陈克啊？"说这句话的时候，她甚至不带一丝疑问。

简桦见过许多人们保护自己的方式，如果徐行还在介意，那么她主动跟着陈克来稽州，也许就是因为要忘了那个人。

对面的人放下碗筷，看着她，嘴角扯出一抹笑："简桦，你是不是还觉得我仍然像当年一样为了爱情要死要活的？认定一个人，就是要死跟着他，当初对周晋彦是这样，现在对陈克也是这样？"

"是啊。"一口饭下去，她也抬头看着徐行。

人就是不会学乖的，当初因为什么事摔一跤，心里惦着怕着抗拒着，可就是学不会躲开，还要一头再栽进那个坑里。

徐行对周晋彦就是这样，她对季诚楠，也是一样。

"你也真是小看我。"徐行笑了一声，"当初我能铁了心走，就能铁了心回来，人要疗伤，没有比一个人的时候更好的方式了。这南南北北我走得多了，见了那么多人，也对那么多人动了心，才知道我把周晋彦啊，只是当作个港湾罢了。可是哪里，都没有自己心里这块地方好。"

"那你来嵇州干吗？"简桦不想听徐行文绉绉地扯一大堆，她也走了这么多地方，这些道理不用别人跟她讲。

徐行从包里掏出烟，转身去了客厅，一口烟进去，终于，只用了三个字，就把简桦心里的城墙一举击垮——

"为了你。"

"我回去那天，跟他们找不见你，只差了一天。我给你发短信，你好几天不回我，我心想，简桦你的心怎么这么狠呢，我都投降示好了，你连一个和好的机会都不给我？后来余老师生产了，我去医院看她，抱着那个软软绵绵的孩子，我心里正喜欢，抬头就看见她眼泪簌簌而下，你知道她怎么说吗？

"她说：'简桦那孩子，心里的冰霜怎么就不见化呢？她一个人，连招呼也不打一个，就这么走了，谁也找不见，她怎么就不知道同我说说呢？'

"小的时候我就觉得她对你好得过分，这些年过去也还是，她在病床上哭得声嘶力竭，一遍一遍地问我，你的心怎么这么狠呢？你看，谁都想着你好，你却要作茧自缚，把我们所有人都推开。"

听到这里，简桦觉得好笑，反而问她："你呢？你缠的茧少了？"

"所以我说我俩一模一样，谁也比不上谁。可是我知道，要我回来的那个人在等我。但我没想到啊，等我回来，那个人也弃甲走了。我想啊，那不成这一次我们换一换，你知道我这个人，等不住，既然等不住，那我就找吧。那时候在北边遇见陈克，他替我解围，也就认识了。既然还没找来这儿，那就来看看吧。"

徐行喃喃地说完这些话，这两年她趁着没课的时候走了那么多地方，碰见那么多人，才知道最好的，都是以前的。

都说人要往前看，可是她不甘心，能陪伴她那么些年岁的人，她再也碰不见一个了。她的人生还很长，可是她没有心力再跟一个人重新认识，再花上十几年好好相处了。那不如，就找回来。

"幸好，找着了。"

"是不是觉得愧疚啊？我可是花了好些时间在你身上的。"她站起身看着简桦，突然觉得煽情这东西，在她们两个之间真的有些别扭，她们早过了那个打打闹闹的年纪，有些话敞开了来说，更显珍贵。

"没有。"简桦继续动着筷子，抬眼看她，"你还吃不吃了？"

现在肚子为大，徐行又回了餐桌。

她觉得简桦这两年，变得越发不近人情了，像极了一个人。

"心可真狠啊，我说得这么真诚，你连应和我一下都不行吗？"将简桦面前的菜往自己这边挪了挪，她敞开了肚子吃，简桦的手艺其实不错的。

房子是老式的五层住房，天花板上就是楼顶阳台，没事的时候简桦也栽些易活的蔬菜，雨水沿着窗檐冲刷下来，新生的味道。

"到了一定阶段，人都是要自我修正的，脾气、行为，还有生活方式，你不要觉得我是推开了你们所有人，我只是想给自己一个机会，以前我总靠着你们，躲在你们的后面。那我生而为人，还有什么意思啊？"

她从来没有想过要逃，她只是想有那么一次，她能真正为自己做一次主。

"那季诚楠呢？"

"我跟他没可能的。"

"狗屁，你这不就是推开他吗？"

"阿行，你不知道，我跟他之间没那么简单的。"

"我不知道？是，你从一开始就瞒着我，我也没说什么。可是你又做了什么？简桦，人要有心的，不管你跟他发生了什么，你都要告诉他一声的。你觉得你给了自己机会，那季诚楠的机会谁来给呢？"

简桦被问得说不出话，她以为自己能好好面对的，可是就算两年过去，再听见这三个字，她心里还是疼得没有办法自抑。

她也想给他们两个之间一个机会，能够好好在一起的机会。

《诗经》里说："死生契阔，与子成说。"可是她跟季诚楠，这辈子大概只有生死离合了。

徐行终于放下筷子，眼睛直勾勾地望着简桦，她比三年前又瘦了些，想到那个时候她总是怯懦地跟在自己身后，一下子像失而复得某件珍宝样痛哭了起来："简桦，怎么办呢？是不是那个时候我就不该回去呢？也许……也许就不会变成现在这个样子了……"

　　是啊，当初是怎么一步步变成现在这个样子的啊？

　　简桦在徐行的哭声中，发现其实要细细地说起那个时候，一点儿也不难。

　　变故开始，是在徐行高二转回梧城之后。

你被那么多的人喜欢着，所以我喜欢你这件事，我自己
知道就好了。除了你，我谁都不愿意分享。

/

第二章
日久深情

【1】

梧城，圣亚高中。

正是深秋，简桦紧了紧外套，疾步走在学校的林荫小道，等望见徐行的时候，刚巧接到季诚楠的电话。

"你下午放学记得取衣服。"声音通过话筒传过来，简桦觉得耳朵里痒痒的，像一阵风吹过，她耸了耸肩回答道："好。"

挂断的时候，徐行刚巧看见她，跑了过来。

两旁种满了梧桐树，掉落的梧桐叶铺满了整个校园小道，脚踏在枯黄叶子上，简桦能清楚地听见叶子被踩碎的声音。

"真的是让我好找啊！简桦，想我了吗？"徐行给了简桦一个热情的拥抱。

　　小学毕业后，徐行的爸妈因为工作调动辗转去了好多地方，她们两个也再难见面。

　　简桦接过徐行背得松松垮垮的书包，说道："想死你了。"许久不见，徐行越发漂亮了，齐耳的短发、白皙的皮肤。

　　简桦这一句倒是让徐行很受用，眼看着报到的时间就要到了，徐行急着让简桦带她去学工处。

　　天气正好，两个人飞奔在林荫道上，徐行看着简桦因为小跑脸上泛起的红，想起好些年前。

　　那是小学同桌后不久，她性子闹，那天在课堂上跟简桦抱怨着女老师的可怕，却被余秋浣抓了个正着，被罚站在教室门外。隔了没两分钟蹲下身子准备睡觉，听见教室里的脚步声，她吓得站了起来，一慌乱就要跌下去，却被人扶住，抬头，看见的是简桦。

　　"怎么是你啊？"她看见简桦也蹲坐在她旁边，发出的声音有些大。

　　简桦在嘴边嘘了嘘，冲着教室里喊了一声："我出来上厕所啊，徐行，你站得真笔直！"

　　她们俩躲在墙角下捂着嘴偷笑，徐行直接笑坐在了地上。

　　"你看我说了吧，女老师很可怕的。"

　　"嗯。"

　　"你怎么还不去上厕所？"

　　"你是因为跟我说话才被罚站的，我得陪你啊。"

"简桦你真好！"

两个"小蘑菇头"蹲在教室外面的墙角下咬耳朵。

"你爸妈没回来吗？"办好转学手续，两人往教室走去。

"啊，他们没回来呢，这次回来住奶奶家。"徐行回答，"你不知道，我能回来完全是因为他们没时间管我，好啦，我也觉得自在，每天被他们念得耳朵都要长茧了。"说着，一只手就搭在了简桦的肩上，简桦手里一沉，徐行的书包掉在地上，东西落了一地。

"哎呀！"

"有病啊！"

两道声音夹击着简桦的耳膜，她看着从书包里溅出的墨水和旁边女生被染脏的裤子。

"对不起。"简桦急忙掏出纸巾递给女生，又低下头帮忙擦拭着。

"哎呀，滚开！"女生抬腿躲过简桦的手，不料简桦一个没站稳，跌在了地上。

"你有毛病啊。"徐行还没弄清楚眼前的一切，就见简桦狼狈地跌坐在了地上，急忙给扶了起来。

"道歉。"徐行叉着腰，凶神恶煞地看着对面的女生，穿着跟简桦一个年级的校服。

"你们弄脏了我的裤子，我说什么了吗？还要我道歉？好笑。"女生扯了扯被弄脏的裤子，气不打一处来。

简桦站在中间，不知如何是好，对着女生一遍一遍地道歉。

"简桦！"徐行拉过简桦，用自己不怎么高的身体护着她，怎么这么久了她还是这副唯唯诺诺的样子啊！

"吵什么吵，不上课啊！"有老师从办公室出来，看见三个女孩在走廊里争执着，大声呵斥着。

女生有些不服气，可是注意到老师还是望向她们的眼神，转身就走："下次再找你算账。"

"算什么账啊，你还没道歉呢！"徐行对着女生离去的方向不依不饶，简桦扯她，不作声。

气不过，徐行涨红了脸："你怎么还是这么傻啊，对这种人就不该客气！"

"好啦，是我先弄脏了她的裤子，可是你书包里装着墨水瓶干吗啊？"简桦蹲下身收拾着地上的东西，徐行看着简桦被墨水染黑的手，红了眼睛。

被摔碎的瓶子支离破碎地躺在地上，片片碎片都沾染着浓重的黑色，就像拨也拨不开看也看不明白的命运……我们之间最后的一样东西也碎了啊……

不想再想下去，徐行抽了抽鼻子："走了，都脏了，不要了。"说着，一股脑儿抓起地上的东西，扔进了垃圾桶。

放学的时候，天已经暗了下来。跟徐行分手后，简桦按着季诚楠发过来的短信，找着了取衣服的商场。

商场里灯火通明，简桦路过一家甜品店，想起后天是季诚楠的生日。

她在橱窗外站了好久，才走进去。

简桦没有买过蛋糕，过去几年季诚楠总在她生日的时候拎回一个蛋糕，不大不小，刚好够他们两个人吃。

她的生日，是季诚楠把她带回家的那一天。季诚楠告诉她，这一天就是她全新的开始，是个值得庆祝的日子。

简桦想，那这一天就是我的生日吧，庆祝我终于活过来，堂堂正正地生活在这个世界上。

"我已经帮你请好假了，明天得早起，你还得去余老师家一趟。"吃饭的时候，季诚楠跟她交代着。

明天是周深跟余秋浣的婚礼，一个是季诚楠最好的兄弟，一个是她的小学老师。

简桦记得，有一次季诚楠出差，是周深帮忙参加她的家长会。那一天，周深真是无耻极了，不仅嘲笑她，还在同学家长的面前把余老师羞辱了一番，可是没想到，两个人却走在了一起。用周深的话来说，简桦就是他跟余秋浣之间的红娘。

也许，人和人之间的缘分就是这么奇妙吧，时间不早不晚，时机对与不对，总会遇见，就像周深和余秋浣。

就像，她跟季诚楠。

客厅暖暖的灯打在季诚楠的脸上，他的睫毛真长，眼睛也真好看，简桦看着对面的人说："好。"

婚礼在梧城最好的酒店举行，简桦早上在余老师家帮忙，后来跟着伴娘一起坐车到的酒店。

下车的时候，她看见门外陪在周深旁边的季诚楠，穿着昨天她帮他取回的西装。

季诚楠很少穿正装，第一次见着他的时候，他穿着警服，一身的英气让简桦觉得安稳，然后在他的照顾下，平安地过了几年。

简桦穿着过膝短裙，有些冷，脚下的高跟鞋不合脚，走起路来显得有些滑稽。季诚楠看向她的时候，她正迈着步上楼梯，明显慢了同行的人一步。

季诚楠的眉头皱了皱，向她走来。

简桦感觉到前面有人停下，抬头的时候就看见季诚楠一脸严肃地看着她："不合脚就不要穿，丑死了。"

他拉着她的手，带她走过大厅。

来往的人大多是季诚楠和周深的同事，大家相互打了招呼后，季诚楠转身进了休息室："我给你备了双鞋，你在这儿等我，不要乱跑。"

简桦心里有些气，她已经不是小孩子了，她都成年了，明年都要高考了。

"你快去，你快去，我都疼死了。"简桦脱掉鞋，踩在地上，碰地的时候又觉得凉，"嘶"的一声又缩了回去。

季诚楠看着她，觉得好笑："就该多疼疼。"

简桦不说话，扭头看着桌上备着的喜糖，顺手剥了一颗，季诚楠关门的时候，还清楚听见她咂吧嘴的声音。

还是个孩子。

司仪还在台上道贺词，简桦陪着余秋浣在门外候场，听见司仪巧舌如簧般的说辞，两个人被逗得发笑。

"看着你这些年成长得这么好，我真的为你高兴。"余秋浣拉着简桦的手，像是姐姐爱护着妹妹。

她打从心眼里喜欢这个孩子，如果没有小时候的磨难，简桦应该会成长得比现在更好。她总觉得这孩子闷声闷气的不爱说话，那时候安安静静地坐在教室里，除了同桌的女孩子，很少跟人亲近说话，也许就像周深说的，简桦心里有猛兽，里面的怪物排斥着周围的一切。

"余老师，谢谢你。"简桦看着眼前化着精致妆容的脸，想着，谢谢你们这些年对我的爱护，让我觉得我活着，其实是一件幸福的事情。

"你别这样说，我当你是妹妹，这些都是应该的。"

"以后有什么困难就跟我说，不要跟我拘谨，知道吗？"快进场的时候，余秋浣才放开简桦的手，简桦觉得亲眼看着她身边的人走向幸福，也是一件让人开心的事。她身边的这些人，总是一点点地融化着她快被冻僵的内心，给了她一团火，让她肆意地享受着阳光和温暖。

这种感觉，就像她曾在九叔陪伴她走过的那些日子中所体会到的。

　　"祝福这一对璧人，在此生有缘相识，相伴终生，无论余生有多少苦难，都能相互扶持地走下去。"

　　司仪的一番话，让台上的新娘哭红了眼睛，简桦看着被祝福的两个人，感受到身边男人的气息。

　　真好，这一辈子，碰见你们这些待我如家人的人真好。

　　"季叔叔。"简桦轻声叫着。

　　"怎么了？"他看着她，脸上潮红，软软的，突然起了心思很想捏一捏。

　　简桦被季诚楠回的这一声反而弄得忘了要说什么，然后感受到季诚楠的手在她的脸上，捏起了一块儿。

　　她慌了神，身体突然下倾，腰间一股力把她撑住。

　　"换上平底鞋你也能摔跤？"季诚楠脸上是好笑又好气的表情，用看傻子一样的眼神看着她。

　　简桦站直，用手抚着裙摆，一脸尴尬："没啊，被撞的。"

　　可是四下看看，只有他们两个人在主持台前站着。

　　"你刚刚要说什么？"季诚楠眼睛看着台上，问简桦。

　　席上的人正哄笑着让台上的新人亲吻拥抱，简桦跟着大家一起拍手助威："没什么。"

　　只是，心里有个愿望。

　　如果有一天，我穿上这一身美丽的衣裳，我希望，在前面等着我的那个人，是你，一定是你。

【2】

"你怎么都没有跟我说啊！我都好久没有见着余老师了。"下课的时候，徐行拉着简桦奔向小卖部，却被人山人海挤在了最外面。

昨天的婚礼，像是在简桦的心里种下了一个美梦，她忍不住跟徐行讲述着一对新人的美好结局。

"你可别忘了，当初可是你说的再也不想看见余老师了。"简桦托着腮，看着在柜前来来往往的人。

小学毕业那天，班上组织同学讲讲对以后生活的展望，徐行靠着椅背，别的同学正群情激昂着，她不以为然，做着小动作。

余老师敲了敲黑板："不要东张西望的，认真听别的同学讲话。"眼睛看着徐行，明显的就是在对她说。

"哎。"徐行靠近旁边的简桦，小心耳语着，"我就希望，我这以后再也不要见着余老师了，她老凶我。"

简桦扭头看着她："坐好！"说完，便不再理她了。

徐行有些泄气，趴在桌子上："你怎么跟她一个样子啊！"

回忆起来，徐行觉得不好意思："那时候年纪小嘛，气话你怎么当真呢。"

　　简桦不看她，站起身："走吧，要上课了。"

　　一个不小心，却撞上人了。

　　"怎么又是你？！"抱怨的声音让简桦抬起了头，有些眼熟。

　　"我们才觉得倒霉呢，真晦气！"徐行冲到简桦面前，这才看清，是上次被墨水溅着的女生。

　　"呵！上次还没问你们要清洗费呢，怎么，你们还有理了？"女生尖锐的声音显得刺耳，简桦看着面前的人，觉得有些不依不饶。

　　"不是……"

　　"赔就赔！至于这副样子吗？欠你五百万似的！"徐行抢过话，说着来气，就要掏包。

　　动作却停了下来，现在是下课时间，就揣着几块零钱，哪带了包啊，不止简桦看着徐行静止的动作，女生也看到了，她不屑地笑了起来。

　　"怎么，没钱？还说什么大话呢！"女生朗声笑了起来，嘲笑着面前的两个人，周围的人望过来，不明所以。

　　"谁说没钱了，没带而已！你等着别动，我回去给你取！"说着她就要拉着简桦回教室。

　　"我怎么知道你们是不是又要跑了啊？"女生继续不依不饶，连简桦都有些气："你……"

　　"柳琉，她们都说了回去取。"声音打断了简桦，一个男生站在叫作柳琉的女生旁边。

简桦看着他，比她高了一个头，穿着高一年级的校服，鼻子挺立，眼神慵懒，一副没睡醒的样子。

"对啊，我们也没说要欠着你的，至于这么咄咄逼人嘛！"徐行本来看着男生，听完话，又转头对柳琉说。

"你！"柳琉气急，抬手指着徐行。

"柳琉，不许这么没礼貌。"懒懒的声音再次响起，简桦感觉自己的心像是被击中，手里剩下的半瓶牛奶像是同样被撞击着，她感觉到液体在晃动。

"哥，上次就是她们把你送我的裤子弄脏了！"柳琉气不过，向着男生指责着两个"罪魁祸首"。

"简桦，我回去取钱，你等着我啊。"白了柳琉一眼，徐行转身冲出小卖部。

简桦看着徐行匆匆跑开的背影。

"你小心点！"

"好了，你回去吧，我在这儿等着。"男生将手里的零食递给柳琉，就打发着让她走，柳琉有些不服气，却还是老实接过回了教室。

等柳琉走远，两个人站在小卖部的门口。

"不好意思，我妹妹有些任性了。"突然响起的声音把简桦吓了一跳。

男生看着她惊慌的脸，笑了出来："好像我也吓到你了。"

简桦有些不好意思，把手里的牛奶放在桌子上："没事，上次也是我不小心才弄脏你妹妹的裤子。"

"舒其琛。"

男生没头没脑的一句话，让简桦没反应过来。

"啊？哦，你好，我叫简桦。"

晚上回家的时候，季诚楠还没有回来，简桦将蛋糕放进冰箱里，便准备洗手做饭。

这几年，季诚楠经常出差。起先他总是把她交托给局里的汪姐照顾，后来简桦觉得不好意思再麻烦汪姐了，主动要求留在家。

"我可以照顾自己了，你不要总当我是小孩子。"一次季诚楠正要给周深打电话，被简桦给拦了下来。

"哦？长大了？"季诚楠看着她渐渐变化的身体，真的长高了不少，已经快要到他的肩膀了，可还是一脸稚气。

"嗯！我已经学会几道菜了，饿不死自己的。"为了强调她不会在季诚楠不在的时候填不饱肚子，简桦特地从书房里拿出几本食谱。

季诚楠看她一脸认真，觉得简桦可能真的已经学会自己照顾自己了："行，那有事就给我打电话。"

最后一道菜摆上桌的时候，门边刚好响起门锁转动的声音。

"你回来了啊。"简桦解下围裙挂在墙上，她想，真像在家等着丈夫回家的小媳妇儿，可是又觉得不对，脸一红不作声了。

季诚楠走到客厅的时候，就看着简桦埋着头，心里有些奇怪。

"就做好了？"他走到餐桌边，有鱼有肉，像模像样的。

"嗯！你先去换衣服啊。"她催促着，可不能让他看见她脸上莫名的红色。

季诚楠脱下外套就朝着里屋走去，他觉得简桦今天有点怪怪的，像是瞒着他什么。

等他换好衣服出来后，就什么都知道了。

没有灯，但是餐桌上有几点蜡烛光芒，走近一点，就看见摆放在桌子上的蛋糕，而站在一旁的"小蘑菇头"，显得有些不好意思。

"生日快乐。"隔了半天，季诚楠才听见简桦的声音，他心里突然像是被什么东西给占据了，就像装满水的气球，突然被刺破，里面的水，从他心里溢了出来。

"你怎么知道的？"他拉开椅子坐下，并示意简桦也坐下，开始简桦还有些不好意思，看他抬手动了筷子，才快步地坐了下来。

"好早就知道了，这么些年都是你给我过生日，我想着你都没跟我提过你生日呢。"她看着季诚楠把鱼喂进嘴里的动作。

"好吃吗？"她有些小小的期待。

季诚楠细细地品尝着，脸上闪过一丝笑意："嗯，好吃。"

得到褒奖，她又抬手让季诚楠放下筷子："快许愿吹蜡烛，快快快。"

动作有些急切，她第一次给他过生日，想让他开心一点，嘴里催促着他快一些，看着他的眼神里，又不紧不慢，她想好好看清他的脸，开心的、生气的、喜悦的、难过的，她一刻都不想放过。

季诚楠觉得幼稚，可是感受到简桦眼里的期待，还是双手合十，照着她以前的样子，真的许起了愿来。

等了好久，简桦才等到他睁开眼睛："你许了什么愿啊？"

"愿望这种事，不是说出来就不灵了吗？"他明明看到了她脸上的期待，却忍不住想要打趣她，以前他问起她有什么愿望的时候，她也总是拿这句话噎他。

简桦听出了他的意思："不说就不说嘛，小气。"

季诚楠看着她，想起刚刚许的愿：你要好好长大，平安过完这一生。

"简桦。"季诚楠看着对面认真吃饭的人，其实很想谢谢她，这些年来，他很少过生日，忙起来连日子都忘了。

很想谢谢她，帮他准备着，给了他一个惊喜。

"你长大了。"简桦等了很久，才听到季诚楠徐徐地说了这么一句话。

"我说了我不是小孩子了！"她以为他要说什么感人的话呢，真是的！

"是的，你已经不是小孩子了啊。"对面的人心不在焉地扒着碗里的饭，突然才明白，眼前的这个人，已经是个大人了，她会有自己的秘密，她以后可能也会有照顾她一辈子的人，给她一个真正的家，可是想到这里，他的心里莫名生出一种异样的情绪。

【3】

早会的时候，风纪部门挨班清查人数。简桦心里有些急，徐行去厕所还没有回来，而风纪部门的人已经在他们隔壁班了。

"你好，请问你们班应到多少人？"前面的男生埋头记录着，见没人回答，抬起头就看见还在东张西望的简桦。

"是你啊。"简桦听着声音，才发现面前站着的人是上一次帮她解围的舒其琛。

"啊！你好。"简桦站直，礼貌地回应着。

"你们班应到多少人？"舒其琛再一次问她，看着她慌张的样子觉得有些逗趣。

"嗯……学长，有一个同学去了厕所，是要算在人数里面吧？"

因为班长请假，临时拜托简桦帮忙清点班里人数，可是简桦对这事儿一窍不通，徐行又一直没有回来，如果查到缺勤，是会被扣班级分的。

"算的，等会儿回来的时候你帮她去前面登记就好了。"舒其琛一边记录着，一边跟她仔细解释着。

等舒其琛走开的时候，听见简桦跟刚刚从身边匆匆经过的女生小声抱怨着："你怎么才回来，我都快被你急死了！"

真可爱，舒其琛想起刚刚简桦慌张的脸。

"你说，他是不是对你不怀好意啊？"下课的时候，徐行搭着简桦的肩，往小卖部走去。

"瞎说什么呢！要不是你，我才不帮你问呢！"简桦躲开徐行的手，有些生气。

徐行锲而不舍，紧追着简桦："我刚刚去问了，根本就不用去登记，你说他是不是为了看你才让你去的啊？"

"阿行！"简桦快要被打败了，怎么在她眼里别人的好心帮忙就变成对自己的不怀好意了呢？

"好啦，我不说了。你都已经错过早恋的年纪了，还不抓紧点这最后的尾巴！"徐行嘟囔着。

她想起简桦十八岁生日的时候，她躲在房间里偷偷跟简桦通电话，那时候她刚刚确定对那个人的心意，跟简桦谈论着喜欢一个人是一种什么样的感觉。可是聊了半天，简桦就跟一根木头似的，和她说些不着边际的话，有些时候她都觉得简桦可能对爱情这回事儿免疫。挂断电话的时候，简桦说："心里的阀门被突然打开，可能这里面汹涌而出的水，我自己也掌控不住。"

想到这里，徐行觉得不对，她对那个人的感觉，好像就是这样的。

"简桦，你是不是有喜欢的人了啊？"徐行突然蹦出的一句话，让简桦嘴里的面包差点儿呛了出来："没……没有啊。"

可是脸上泛起的可疑红色明明就说明她在说谎，徐行看着她快要被"焖熟"的脸："嘿嘿，你有事瞒着我的吧？"

"没有，你瞎说什么呢？"简桦努力平复好自己的心情，装作若无其事的样子。

"跟我说说嘛，我是你最好的朋友，我一定帮你保密！"徐行举起手发誓，"我嘴巴一向很严的。"

可是简桦不信，有一次她们俩偷偷逃课，约好谁都不能说出去。回家的路上，她主动邀请徐行跟她一起回家，半路就被季诚楠的好吃好喝给骗走说了实话。

"没有就是没有，你别瞎猜了。"简桦说完收拾好桌子上的垃圾，就要回教室。

徐行跟在身后，看着简桦有些紧张的步伐，哼！她才不信呢！

有些时候简桦会想，季诚楠对她来说到底是怎样的一个存在呢？

在她对生活彻底没有希望的时候，是他一把将她从深渊里拉了出来，给了她最难忘的几年。

他始终走在她的前面，承诺她的每一句话他都做到了，而她就像攀在季诚楠这棵大树上的一根枝丫，只管用力地成长，有他作保护伞，她可以无忧无虑地自由生长。

她想起小学课本里读过的一句话："天生作为弱者，就该站在强者的身后。"她好像，就一直是站在他身后，被他保护的弱者。

其实我也希望我能够站在你的前面，替你扫走一些风浪，所以，季诚楠，你等我长大好不好？等我有那个能力，不管前面是高山、是深海，还是荆棘万里，我都义不容辞地奔向你。

简桦已经两天没有见着季诚楠了，这段时间好像局里很忙。上次跟余秋浣通电话的时候，她听说最近大案子频发，因为人员不够，局里还特地从别处调派了些人手过来。

等她收拾好准备上床的时候，听见门外有响动的声音。

转开门把手，就看见门外正准备敲门的季诚楠。

"你回来了啊，吃饭了吗？"简桦看着面前的人，依然保持着刚刚的动作，一动不动。

"怎么了？"问出声的时候，她发现眼前的人在她身上扫视的目光。

"怎么不多穿点？天气冷了，自己要多注意。"说完还轻轻咳了一声。

简桦顺着他的目光往下看，才发现自己胸口大开的衣领，急忙紧了紧衣服。

"我听见有声音，就想是不是你回来了。饿了吗？"她穿过他，冰箱里还有饺子，准备起锅烧水。

季诚楠从里屋换好衣服出来，看着还在厨房里忙着的"小蘑菇头"，细细长长的头发已经过肩，有碎发从耳后滑了下来，她别好，继续忙着。

"去睡吧，我自己来。你明天还要上课。"他弯腰把垃圾袋系好，拿出去放在门外，回来的时候简桦还坐在客厅里。

"外套也不穿，快去睡觉。"还在警校的时候，季诚楠听得最多的就是命令，也许因为时间长了，他自然而然的有些时候说话的语气也像是在下命令。

简桦起身看着他，蓝灰色的居家服穿在他身上格外好看，他本来就很高，有些时候简桦都要抬头才能看清楚他。

感受到身后的人的目光，季诚楠回过身来问她，"怎么了？"

像是被人识破心思一样，简桦匆忙低下头："没事，我去睡了。"

疾步跑回卧室，简桦听见自己的心跳声，她很久没有这么仔细地看他了啊。

她甚至觉得自己看向季诚楠的眼神里就是徐行说的不怀好意，所以刚刚被季诚楠发现的时候她像个小偷羞愧得不敢抬头。

一夜无梦。

警察局里。

出勤回来，周深拉着季诚楠去楼道："言可回来了。"

季诚楠不解，望着周深不说话，周深见他许久没有反应，急得像热锅上的蚂蚁："你倒是说话啊！"

季诚楠更加不解了。

言可跟季诚楠、周深同期进来，当时因为就她一个女孩子，很受前辈们的照顾。听说言可祖上三代都是警察，上面还有个哥哥，可是她哥更喜欢金融，所以不顾家里老爷子反对改做投资顾问。家里无望，又把说辞对着言可重演一番，换而言之，言可一开始就是被家里强迫投报警察学院的。

可是季诚楠记得，他跟言可不怎么熟啊。

"关我什么事？"季诚楠反问周深，而周深听见季诚楠憋了半天才憋出的这么一句话，气得半死。

"你小子是真不知道还是装不知道啊？言可喜欢你，咱们局里谁不知道？"

"当初入局前训练期间你小子半夜偷偷起来打电话，是她在周老头那儿求了半天情，才免你处分，没想到你小子真不上道。"

周深越说越起劲儿。

季诚楠记得这事儿，那通电话，是往安纳西去的。当时被营长逮着，处分自然少不了的，只是不知道为什么最后只是罚写了一份检讨。

原来，是她帮了忙。

"还有，那时候人吃饭的时候老跟我们拼一桌，我还以为人看上我了呢，谁知道眼神一直往你那儿瞟，你看都不看一眼，这么一个大美女，就被你晾在了一旁。"

"关我什么事。"季诚楠回忆了半天，他已经有些记不清言可的脸，只记得当时被调走的时候，她有邀请他一起吃饭，他没在意，拒绝了。

"你可真不上道，我听说她还没有男朋友，这次回来，怕是对你念念不忘，特意回来的。"周深觉得季诚楠脑子里一定全装着糨糊，不对！还有那个丑八怪丫头——简桦！

"多事，她要回来就回来，什么因为我特意回来？周深，你别忘了你身上的职责，她身上一样有，如果被这些情情爱爱困扰住，她就配不上'人民警察'四个字。"季诚楠脸上有怒意。

"还有，我脸上没这么大面儿。"走之前季诚楠丢给周深一句话，踩在地板上的声音掷地有声，像是告诉周深，我是人民警察，不是情爱困兽。

　　周深掏出口袋里的烟，在身上摸了半天也没找出打火机，得！老子瞎操心！

　　"季诚楠，好久不见了。"欢迎会上，言可郑重地向季诚楠伸出手，大多听闻之前言可对季诚楠穷追不舍的同事，看见这一幕，纷纷起哄。

　　只有季诚楠无动于衷。

　　他抬头，看着面容姣好的女人，点头回应："你好。"

　　言可看他没有多余的动作，尴尬地缩回了手："真是冷血无情啊。"坐下的时候，她小声嘟囔着。

　　"你别理他，他现在可是越来越狂妄了，为了他们家的小崽子，把谁都不放在眼里。"周深举着酒杯朝言可走过来，在她身边坐下。

　　"小崽子？"言可疑惑，季诚楠不是没结婚吗？哪里来的孩子？

　　周深跟她碰杯："一次行动中救下的孩子，家里没人来领。不知道他发什么神经，说要带回家，连监护材料都准备好了去跟周老头申请的。算起来，就是你走的那半年的事吧。"

　　周深喝了些酒，话止不住。

　　"哦，没想到他还有这么心慈的一面。"言可看着坐在对面的季诚楠，周围的人大多聚在一块儿聊天，只有他一个人盯着手机屏幕，显得格格不入。

　　"对了，还没恭喜你结婚呢。嫂子很漂亮吧？"言可收回看向季诚楠的目光，转头向周深道贺着。

"漂亮是漂亮，就是两口子在一起过日子吧，总免不了为些柴米油盐的吵两句。"周深想到还在家里的妻子，起身准备完场回家。

"对了，你还没给我礼钱呢！改天来我家坐坐，尝尝你嫂子手艺。"走之前，周深仍不忘调笑言可两句。

言可知道，周深说礼钱是假，邀她去他家坐坐是真，可是他这个人就是喜欢不正经。

"改天一定双手奉上礼金到贵府坐坐。"言可配合着他的玩笑。

"哈哈哈，好好好，那我先走了啊。"周深斜眼看着还坐在对面的季诚楠，招呼着要不要走，关门的时候他看了看还在跟同事聊天的言可，这姑娘真上道！

周深喝了些酒，季诚楠开车送他回去。

一路吹来的风让他多少醒了醒神，可是话依然止不住。

"言可挺不错的，当初来的时候多少人追啊，你说她怎么就看上你这么个木头啊？

"人也漂亮，做事也利索，对人也好，当初要是她多看我一眼，我肯定铆足了劲儿追她！

"我说你小子，也半大不小的了，是该考虑考虑这些事儿了吧？你家就你一个人在国内，你爸肯定特想抱个大胖孙子。

"哎，你怎么就这么不争气呢？"

这句话出来的时候，车上的两个人终于统一了想法。

·

季诚楠：真像个老妈子……

周深：我怎么跟个老妈子似的……

"说完了吗？"季诚楠一只手转动着方向盘，一只手划开手机屏幕，周深看清的时候，季诚楠已经按了播放键。

"……当初要是她多看我一眼，我肯定铆足了劲儿追她……"

话一出来，周深就变了脸色，在狭小的空间里抓狂："你居然摆我一道！"

而旁边的人不动声色地收好手机。

"不知道这话嫂子听了怎么想？"季诚楠扭头看了周深一眼，又撇过头，给他递了一个眼神，自己体会的意思。

周深没辙，瘫在靠垫上："哎……我不管我不管，你爱怎么样怎么样，关我屁事啊！"

下车的时候，周深想起一个人，又回过头走到窗子边。

"丑丫头快毕业了吧？"他敲了敲车玻璃，示意季诚楠摇下窗户。

季诚楠看着他，没说话。

"你想清楚没，你不可能一辈子把她留在身边的，她万一要是想找她父母了，这些年你就白搭了。"

作为兄弟，一开始周深就拦着季诚楠收养简桦，不管是出于什么狗屁人道主义还是财力，总归来说，对季诚楠来说，他根本就是白出力。如果真有一天简桦找她亲生爹妈去了，季诚楠这几年为了她，就真的是耽误了。

"找就找吧，能护她平稳地过这几年，我心里也没这么难受了。"季诚楠看着车上简桦特意放的多肉，像是了无牵挂地说。

"你难受个屁！你又不欠她什么！"周深急了眼，觉得季诚楠就是一个白痴，白瞎生了这么好一副皮囊，脑袋一点儿也不灵光。

过了好些年，周深才明白季诚楠这些话，他是不忍心，看着那个女孩子多遭磨难后待在他身边，可能缘分这东西，谁也说不清楚。就像季诚楠说的，早或晚，他们都会走到一起，既然是这样的结局，为什么不在一开始遇见的时候，就把简桦留在他身边呢，至少，他能让她安稳地长大。

【4】

早上的露水很重，季诚楠特意给简桦多带了两件外套。

山坡上的野草疯长，比一年前多了许多。简桦跟在季诚楠的身后，刚长出来的野草割着她的脚踝，走一步停一步的，慢了他许多路程。

"走快些。"季诚楠根本没注意她慢下来的原因，只是停下来的时候发现她还在遥遥身后。

简桦抬头的时候看见季诚楠提着一堆东西，觉得自己特没用，咬咬牙快步跟了上去。

到的时候太阳刚好升了起来，风吹得野草四处摆动，能看见从远处升起的炊烟。季诚楠清理着墓前的野草，简桦则把东西一样一样放好。

"你们说说话吧,我去附近走走。"季诚楠转身的时候才发现简桦脚踝那儿被野草割破的伤口,没有出血,却红红的,难怪慢了他那么多。

"好。"

看着季诚楠走远,简桦坐在墓前,把苹果一个一个擦拭好叠放在一起。

"九叔,我很想你。

"你在那边还好吗?

"其实我也不知道那边是个什么样子的世界,但是,应该会比以前的日子好很多吧。

"你不要担心我,我现在过得很好。

"可是总觉得遗憾,你没有陪我走到这里。"

风吹过,山上的梧桐叶掉下来,落在简桦的脚边。

她想起十一岁之前,每天都会在乞讨的地上小心地捡起一片梧桐叶,再小心地放进她肮脏破旧的枕头里。

好像从跟季诚楠回家以后,她再没有做过这样的事了。

"九叔,你只跟我抱怨你那个跟人跑了的妻子,从来没有跟我说过爱究竟是什么呢?

"我好像喜欢上了一个人,不对,是爱吧。是想时时刻刻陪在他身边,不跟我说话也行,只要能看着他,就算世界是漆黑一片也没有关系。回家的路上,他是我不敢走的小巷里的灯;学校长跑的时候,他就好像在终点处等着我分享我的喜悦;寒冷的天,就算只念着他的名字,也能把我的冻僵的心给融化。

"这样，是不是爱呢？"

……

季诚楠回来的时候，坐在墓前的简桦已经睡着了。

他小心地把她抱回车上，系安全带的时候，却不小心触碰到她发育的胸部。他急忙撤回手，脸上燥热。

摇下车窗，他觉得还是呼吸急促，又下车，关门的时候翻出放置了好久的烟。

他想，简桦现在是大姑娘了，有些事情，不能像以前一样随随便便的了。可是一根烟熄灭，他又觉得这跟年龄无关，打从一开始，就不能随随便便的。

回去的路上，他想了很久。

也许就像周深说的，他根本就不欠她什么，当初他也只是好心，思考了很长一段时间才决定收养她。也许就算没有他，也会有户好人家带她回去，带给她安稳和幸福的生活。可能，现在并不是最正确的选择。

但是，这也只是可能。

简桦睁开眼的时候，季诚楠望向她，又推翻刚刚他设想的可能性。没有人比让他自己亲自来更放心的了，他说了护她周全安稳，那就护到底吧。

"醒了？"温柔的声音在车内响起，简桦看着季诚楠。

他的侧脸很好看，带着坚毅，拉深了整个轮廓。这世界上，应该再也找不到比他更好看的人了吧。

"嗯，饿了。"简桦语气有些撒娇，听在季诚楠的耳朵里，他更懊悔刚刚怎么会突然蹦出那些奇怪的想法。

"好。马上到家了。"他的声音里好像带着某种魔力，总能把简桦带进不真切的世界里，有时候连简桦自己都分不清，季诚楠到底有没有说过这些话呢？

家？他们两个人的家，只有他们两个人的家啊。

"最近都没有问你，在学校怎么样了？"刚刚出笼的烧卖还散发着袅袅的烟气，看着热腾腾的就很暖胃。

简桦忍不住，直接伸手拿了一个喂进嘴里。

"还好啊，对了，徐行转学过来了，还是坐同桌。"烧卖有些烫嘴，她说话含混不清的，时不时还张开嘴往外呼气。

季诚楠扯出纸篮里的纸，帮她擦着嘴边溢出来的油水："慢点儿吃，又没人跟你抢。"

简桦伸手抓着纸巾，冲着他傻乐："太饿了，你快吃啊。难得放假，回去我得好好睡一觉。"

早餐店里陆续来了很多人，季诚楠抬头的时候刚巧注意到有一道眼神在他身上流转着，简桦也感觉到有人冲着他们走过来。

"早啊，季诚楠。"欣喜的声音让简桦也不禁抬起了头，映入眼帘的，是一个短发女人，身材高挑，手里还提着打包好的早餐，眼睛正盯着她对面的季诚楠。

"早。"季诚楠没有邀请言可坐下的意思，简桦在一旁显得尴尬，主动往里面挪了挪："姐姐，要坐吗？"

可能是季诚楠觉得她问得不合适，在桌子下踢了她一下，刚巧踢到简桦早上被野草割破的脚踝，她吃痛地轻呼了一声。

"好啊好啊，我看没位置了正打算走，没想到还能在这儿碰见你啊！"言可随身便落座在简桦的旁边，没有注意到两人的变化。

言可自顾自地说着话，简桦心里却有些委屈，不是你的朋友吗？我好心帮你招呼着，你踢我干吗啊？

季诚楠好似听见了一般，看着简桦的眼神意味深长。

"你们就吃好了啊？"言可刚刚巡逻回来，她让同行的前辈把她放在半路上，打算填填肚子再回局里。

梧城的巡逻是有严格时间安排的，每天每条街道都会有人员调整，言可今天是第一次过来这里，没想到却碰上了季诚楠和他身边的女孩子。

"你就是简桦吧，我听周深提起过你。"言可把打包盒里的蘸料倒进空碗里，说得漫不经心，简桦听着，却不是滋味。

在周深的眼里，她就像只被季诚楠抱回家的狗吧，眼神暗了下去，她放下手上的筷子："我吃好了。"

"啊？"言可看着不动筷子的两个人，脸上都没有表情，想起周深前几天跟她说的话，季诚楠也不知道着了什么魔，把简桦那丑丫头放在心尖上看得可紧了。

起初她还不信，季诚楠这个人，她当年穷追猛打的，不动一点心思，这么个小屁孩儿就这么紧抓着他的心？

看起来简桦也不怎么好看啊，反倒她自己有模有样的，季诚楠怎么就看不见她呢？

"那就走吧，我先送你回去。"坐在对面的人起身结账，简桦坐在最里面，不知道怎么开口让旁边的人挪一下位置。

"那个……"

"我喜欢他，喜欢很多年了。"言可先开了口，可是话一出，她却不知道她在跟一个孩子争什么？就算朝夕相处又怎么样，她言可可不是轻易就能被打败的，更不要说还是一个黄毛丫头。

排队的人很多，老板有些忙不过来，季诚楠等在最外面，往简桦方向望过去的时候，发现她还坐在位置上。

"简桦，要走了。"合上钱包，他先走了出去。

他站在喧嚣的街道上，周围来往的人都是行色匆匆的，正是深秋的季节，大片的梧桐叶掉落下来，他突然很想念安纳西的小道，一样是成片的梧桐树。

"他被很多人喜欢啊。"简桦站起身来，言可听见简桦不紧不慢的声音，明明就是特意说给她听的，她却觉得简桦更像是说给外面那个身姿挺拔的男人听的。

你被那么多的人喜欢着，所以我喜欢你这件事，我自己知道就好了，除了你，我谁都不愿意分享。

　　外面的人看着还在店里的人，心里有些浮躁，而一通电话，让他更觉得不安。

　　"你什么时候回来？佳嫣想你想得紧。"明明是很熟悉的声音，季诚楠却觉得陌生，他有多久没有听见这个人的声音了呢？

　　细细算来，好像收养简桦之后，这通跨国电话就再也没有呼过他了。这一次，他心里却疼得发酸。

　　"佳嫣她，还好吗？"他自己都感觉到他声音里的颤抖，他其实很想电话里的人和被提及的那个女孩子，都是他在很用力保护的人，都是很重要的人。

　　"抽个时间回来吧，找不到就算了，她是逃脱这个家的人，如果不是她自己愿意，就算你找到她又能怎么样呢？"电话里的声音带着成年男人的稳重，季诚楠听见旁边咿咿呀呀的细碎声音，握着电话的手突然使力，简桦出来的时候，能清楚地看见他手上的青筋。

　　"你怎么了？"简桦轻轻向他走来，手里的外套一角被她掉落在地上，挂掉电话的人从她手上接过。

　　"没事，回去吧。"

　　回家吧，回到我们该回去的地方，回到我们的家，也回到我远在他国的家。

千万不要去惦记不该是你的东西，是你自己一开始就没有看清楚，你在地球，那个人在月球。

第三章
朝夕相对

【1】

课间操被临时取消，徐行因为连着好几天迟到被罚扫女生厕所一个星期，简桦跟在她身后，洗拖把的手被冻得通红。

"简桦。"

正是下课时间，女生厕所人满为患，大多数女孩子喜欢趁着这个时间围挤在厕所里讨论谁谁买了最新款的包包，谁谁的恋爱事迹又被谁棒打鸳鸯白费一场……简桦站在角落的洗手池，清扫过一阵又一阵的吵闹声才辨别出徐行的声音。

"怎么了啊？"她朝着徐行望过去，发现对面的人正望着她出神。

她记得有一次放假，两个人很久不见，坐在奶茶店里的徐行难得安静地盯着手机屏幕不说话，她也乐得清静。

却没想到，刚刚还安静坐在对面的人，一个不经意间就哭了出来。

"真难，喜欢一个人真难，难于上青天！"徐行抓起桌上的蛋糕直往嘴里塞，简桦听不清楚，看着她吃完一整个蛋糕，满嘴的奶油被哭出来的眼泪糊成一坨。

她抽出纸巾递给徐行，不接，她暗暗叹了一口气，擦拭掉对面的人嘴上的奶油，她不会安慰人，只能看着徐行。

"你倒是安慰安慰我啊！哪有人像你一样看着别人哭还这么冷静的啊！"也许是觉得简桦表现得太镇定了，她抢过还擦拭在她嘴边的纸巾跟简桦抱怨着。

"我不……我不大会安慰人……"简桦有些怯懦的声音反而让徐行觉得不好意思了，她看着简桦，心里赌气得很："简桦，会不会哪一天我哭死在你面前你也无动于衷，拍拍我的肩膀告诉我'哪有什么天大的事让你这么伤心的啊！别哭了，我帮你去削那个让你哭的人'啊？"

简桦看着倚靠在隔门上的徐行，现在，应该就是要安慰她，告诉她不要哭的时候了吧？

她走过去，刚巧上课铃响起来，还在厕所的女孩们急匆匆地冲向门外，只剩下她们两个人，简桦搭在徐行肩上的手轻轻拍了拍。

"你别哭啊！谁欺负你了你跟我说，我帮你削他去！"她学着那个时候徐行的表情和语气，想让自己显得很可靠的样子，还特意拍了拍胸脯，只是没想到使了劲儿，自己倒咳得停不下来。

徐行被她逗得哈哈大笑起来："你哪儿看出我哭了啊？简桦，你怎么还是这么蠢蠢的啊？"

简桦发现，自从上一次早会舒其琛帮忙之后，舒其琛出现在她周围的频率越来越高，不管是在食堂、操场，还是小卖部，总是能巧而又巧地遇见他。

徐行在一次三人礼貌问好、点头离开之后，拉着简桦跟她普及这个中缘由：这简直就是追求者与被追求者的拉力赛，一个明目张胆堂而皇之地进攻着，一个视而不见小心巧妙地回避着。

"你真的不问问他啊？万一真对你有意思呢？"

再次说起这句话时，徐行被简桦狠揍了一顿："你别总拿那种想法想人家，这认识了自然有印象了，人家这是礼貌。"

简桦不以为然，她觉得舒其琛这个人太好亲近了，他跟身边的每个人好像都很熟络，又很有礼貌，所以他的朋友总是很多。

所以，他应该也当她是朋友，所以总是很照顾她。

可是这么多的所以却解释不了舒其琛总是在适当的时候帮她解围。

"可能，他好心嘛。"简桦被徐行问得噎住，想了好久才想出这么一个她能接受、希望别人也能接受的原因，不然，真的显得她在这种事情上愚蠢得有些可怜了。

正是放学的时候，夜已经深了，寒风吹得起劲儿，搭上最后一班公交车，简桦庆幸空位还很多。

徐行坐在她右边靠窗的位置，脑袋耷拉在窗户上，小声地叹气："简桦，有时候我真的觉得你生活里除了季诚楠就没有其他东西了，别人在这个年纪都被情情爱爱的冲昏了头脑，就你还在原地小心地伺候着你家叔叔。"

说到伺候这个词儿，她特意放低了声音。

可简桦听得清楚，她低下头看着服帖在胸口的围巾，是去年季诚楠出差带回来的，用礼盒小心地装着，拿给她的时候她还能感受到季诚楠触碰过的气息。她心里想，等到我能和你并肩站在一起的时候，我能很大声地告诉你：白头相守，吾只与你。

窗户上起了厚厚的一层雾，拥挤的车厢里是男孩子的吵闹声和女孩子的抱怨声，简桦感受到徐行靠在她肩上沉沉的脑袋。

车子发动，窗外的景色扫过，窗户上的字迹散去，简桦辨认不出。

可是睡在她肩头的徐行，却在心里默念了那个名字无数次——周晋彦，你是不是后悔了？

在简桦的记忆里，季诚楠不曾跟她提起过关于他家人的事情。她只知道他的父亲远在异国，家里还有个妹妹。她曾经在季诚楠书房的最里层翻出一张明信片，上面的风景是跟梧城一样的满街道的梧桐树，比起梧城来说，异国的风情显得成排的树木更加萧索。背面的字迹是她不认识的文字，隔了好久以后，她才知道那是世界上最美的语言——法语。

季诚楠曾经提过，他喜欢梧城，是因为这里跟他从小生长的地方很像，简桦看着他眼里的温柔，差一点儿就要陷进去。

那时候窗外的梧桐树正在长新叶，新生的绿叶冒出来，好像她小小的心思被包裹在大树上，一点一点地生长着。她想，总有一天这枝丫会伸进这扇窗户，连同她对他的心意，被他惊喜地发现。

"下个月我要回安纳西，你一个人在家会不会有什么问题？"简桦收拾着桌上的碗筷，她没料想到季诚楠会开口询问她。

然后，她心里就被满满的失落感包裹着，这意味着，在很长的一段时间里，这间房子里都会只是她一个人。

季诚楠，你就不该问我，在你多此一举的一问下我更觉得我小气了，我一点都不想你因为别的人离开我，哪怕是你的亲人。

简桦看着在客厅翻找着遥控器的男人，穿着深灰色的家居服，眉头紧皱。

他总是这样，被一点点事情坏了心情就爱皱着眉头。以前她总害怕看见他这个样子，觉得她哪里做错惹得他不高兴。现在她却觉得安心，每一次他对她发问皱着眉头时，她总觉得他是关心她的，不忍让她受欺负的。

"没问题啊，我说了你不要老把我当小孩子了，我已经成年很久了。"说出口的话带着酸味，简桦直直地看着季诚楠，像是表达着对他的不满，也像是在责怪自己，怎么这么长的时间里，自己就不能学着成熟一点，好好回答他的问题呢？

季诚楠停下手里翻找东西的动作，站直了身，回敬着简桦看着他的眼神。

　　他总有让简桦卸下武器自动投降的本领，虽然只是淡淡地看着她，简桦却觉得哪怕就一眼，他也能看穿她心底的想法，最后只能败下阵来举起白旗。

　　"喊，小孩子。"季诚楠看她别扭地转过头，双手叉着腰，等他反应过来时，觉得自己像极了调笑妻子的丈夫，他哑然失笑，他对自己的这个想法感到羞耻，可是却转不开看着简桦的眼神。

　　"那你什么时候回来呢？你回来记得给我打电话啊。"简桦坐在床头看着季诚楠收拾行李，明天早上十点的飞机，她不能去送他，心里有些遗憾。

　　"听说安纳西的奶酪很有名呢，特别是用来煮火锅，好多人都是为了奶酪火锅去的呢，你回来的时候带些回来好不好？我还没吃过呢。"季诚楠把箱子扣上的一瞬间简桦也站起了身，床铺被她坐得有些褶皱，她小心铺好，听见拉起箱子的人说话。

　　"不带。"

　　简桦有些气，她连梧城都没有出过呢，你一个要出国的人怎么这么小气呢！

　　"高考完我带你去吃。"简桦有些蒙，她以为自己听错了："啊？你说什么？"

　　季诚楠走近她，手摩挲着她的头发："等高考完，我带你去安纳西，你想吃什么就吃什么。"眉眼里的笑，把简桦心里的赌气一点点驱赶，她心里瞬间像是被填满了一般，她想抱抱他，可是双手伸在半空中时却不敢了。

如果他躲开了怎么办？

简桦始终觉得她跟季诚楠之间有一条线，是不能被任何事情任何人打破的。小学的时候，后桌的男女生喜欢在桌子上画一条三八线，线两边是各自的领土，如果谁越过了那条线，就会被另一方惩罚。她觉得，越过了她跟季诚楠中间的这条线，就是把她对他开不了口、又怕被他嫌恶的感情展露无遗，她害怕。

季诚楠看着她停滞的动作，轻轻俯下了身，拥住面前的人。

熟悉的体温圈住简桦的那一刻，她有些头晕目眩。她不敢做的事被这个人轻而易举地做了，他先打破了这条线，却没有发现她藏着的心思。

她有些贪婪地享受着这个拥抱，停在半空的双手好不容易鼓起勇气往上想要圈着他，却被他轻轻推开了。

"有事就给我打电话，如果急的话，就找周深。"

"好。"

"不要跟徐行到处乱野，你明年就要高考了知不知道？"

"好。"

"每天晚上把门锁上好，要是怕，就开灯，给我打电话，我会接。"

"好。"

"简桦，你为什么不看我？"

季诚楠被连着的几句哼声应答磨掉了耐心，她根本就没有在好好听。

"我在想奶酪火锅好不好吃啊！"

飞机起飞的时候，简桦被老师点名，她从上课开始就一直盯着窗外，任课老师注意了她很久。

"明年就要高考了，不知道你们脑子里是不是被糨糊糊住了，装着些奇奇怪怪的东西！简桦，你自己看看你上一次的月考成绩，下滑到了一百名之后，你觉得还不错是吧？是不是要给我拿个年级倒数才满意？"

轰炸式的训斥在教室里回荡着，讲台上老师的指责其实不是只针对简桦一个人。

简桦站在座位上，听着老师杀鸡儆猴的训斥，脑子却想着季诚楠现在是不是正好划过这片天空，飞向另一个国家。

她心里有些落寞，前一天晚上的拥抱让她有些手足无措又有些欣喜若狂，她心里的感觉就快要溢出来了，如果那个人现在站在她的面前，她想不管不顾地告诉他她心里所有的感情，可是她又有些却步。

如果，他拒绝的话，她就不能再若无其事待在他身边了。

【2】

余秋浣打量着店里进进出出的人，跟周深结婚之后，她就辞去了教师的工作，拿出所有的积蓄开了这家小小的咖啡店，店铺坐落在梧城最繁华的街道。虽然只有小小的两个店面，幸好这边人流量大，生意不红不火也不至于让她太过清闲。

门口挂着的风铃响起，她抬起头就看见正收着伞的简桦。

街面被细细的雨水打湿，简桦的书包被淋着了一点，她回过头的时候余秋浣刚好走到她身边。

"姐，店里人还挺多的呀！"简桦放下书包，走到吧台的时候刚好有人结账，她快速翻出账单找好零钱。

周末的时候，她经常过来这里帮忙，有时候周深因为出任务出得紧，很少照料到余秋浣。季诚楠便让她有时间就过来陪陪余秋浣，一来二去的，简桦已经熟悉了店里的所有流程。

余秋浣坐在靠窗的位置，看着她把餐桌上的东西收拾好，招呼她快过来坐下。

"你时间紧就不要老往我这儿跑了，这么小的店子我一个人照看得过来的。"婚后的生活让余秋浣渐渐有了懒意，她喜欢这种白天照看着店子，晚上回家有人对她嘘寒问暖的日子，有些时候因为简桦的到来，她更觉得这样的平常生活多了些气息。

"没事啊，我一个人在家也没乐趣，来看看你，我也觉得开心嘛。"她看着余秋浣有了些富态的脸，心里觉得周深还是有靠谱的时候，虽然大多的时候不正经，可是不得不说，他对余秋浣真的很好。

简桦还记得周深替季诚楠来给她开家长会那一次，他在众人面前把余秋浣堵得说不出话来，后来又替她收场。那天回家，简桦还特意给在外地出差的季诚楠打电话控诉周深的恶行，季诚楠应和着她的脾气，在另一头同样指责着周深的不对。

　　只是简桦不知道，季诚楠在挂断她的电话之后，还特意给周深打电话，取消了作为回报的请客——

　　"成事不足败事有余，要你还有何用？"接到季诚楠电话的周深本来一脸得意，以为这小子特意来感谢他的，没承想却听到了这么一句。

　　"嘿！是不是那丑八怪告我状了？啊？这妮子怎么这么没良心啊！我好心……"

　　话还没说完，季诚楠就挂了电话。

　　"周深说你季叔叔这次回去，短时间可能回不来，你要不要搬去我们那儿住？"余秋浣看着桌子另一头翻着书的简桦，问。

　　"啊？不用了吧，我可不敢去打扰你们，周深叔叔的本领我可是不敢讨教了。"简桦合上书，搅动着杯子里的奶茶。

　　简桦想起之前季诚楠出任务把自己托付给余秋浣，那时候余秋浣和周深还没有定下婚期。可是当周深提着大包小包的食材打开余秋浣家门时，看着在厨房打下手的简桦，一脸惊吓。

　　"周叔叔好。"简桦看着在门口呆若木鸡的周深，面无表情地打着招呼。

　　余秋浣走到周深跟前接过食材："你愣着干吗？"

　　周深跟在余秋浣身后，美其名曰不好让客人帮忙把简桦赶出了厨房，转头一脸莫名其妙地问："媳妇儿，这丑丫头怎么过来了？"

　　余秋浣拿起菜板上的大葱打在周深头上："什么丑丫头！简桦已经

是大姑娘了，你好好说话行不行？"

周深吃痛，从背后揽着余秋浣的腰，一脸谄媚："我错了还不行？我不说她丑了，还不行啊？"

被晃得难受，余秋浣转过身翻动着锅里熬着的汤："季哥不是出差吗，怕留她一个人在家不放心，就让她过来我这儿了，怎么？你不知道？"

周深不死心，再次双手圈着余秋浣的腰："这臭小子！居然直接就找上你了？他怎么都不问问我啊？好歹你也是我媳妇儿啊？"

余秋浣被他逗乐了，挣脱开他的手："肯定觉得你不靠谱呗。"

这句话刚说出口，余秋浣就被推至墙根，周深紧紧地把她围在角落里，两个人的气息混合在一起，余秋浣的脸瞬间红了起来。

"既然觉得我不靠谱，你还有胆子嫁给我啊？"周深的唇贴近余秋浣，可是角落里的人却扭头躲过："你干吗？！简桦还在外面呢。"她使力想推开面前的人，却被禁锢住了双手。

周深抓着她的手往自己的腰上送，靠得越来越近，气氛正好，厨房的门却被打开了。

"周叔叔，你的电话。"

余秋浣兀地把周深推开，周深气急，手握成拳头举起，隔着老远向着空气里砸去。可简桦却像看不见似的，走开了。

"你干吗？！跟个孩子置什么气啊！"余秋浣揪着周深的耳朵，疼得他嗷嗷直叫。

"什么孩子啊！季诚楠都把她养成人精了！"

简桦在外面听着，乐开了花儿。

"你啊，也行。你要是无聊就过来找我，别的我可不能像你季叔叔照顾得那么周到，聊聊天我还是行的。"余秋浣拿她没有办法，只好妥协着。

"姐，你说季叔叔短时间不能回来是什么意思啊？他不是就回去看看他爸吗？"简桦半天才明白余秋浣话里的意思，那个人没有跟她说起过啊。

"季哥没跟你说吗？"简桦看着余秋浣不可思议的样子，心里更犯起了疑惑。

季诚楠是子承父业，那时候他爸爸是凰城的特警。他十岁那年，季父在一次任务中折了一条腿，后来举家搬去了安纳西，那一年，他妹妹出生。可是好景不长，季母受不了季父越来越暴躁的脾气，一天晚上往他妹妹的奶粉里添加了安眠药，就走了。后来发现的时候他妹妹只剩下一口气，好不容易捡回了一条命，智力却停在了一岁。好在季父以前的同事接济，季父做起了生意，慢慢地日子才好起来。季诚楠十九岁那年回国，是周处长亲自考察进局的……

店子里的人越来越少，听完这段往事，已经是黑夜了。

回到家的时候，简桦接到季诚楠的电话。

"今天都做了什么？"他周围很安静，好像是特意寻了个地方给她打电话。

"去了余老师店里。"她想起下午余秋浣跟她说起的那些话，心里有些不好受。

她在他的庇佑下安稳地度过了这么几年，却从来不曾探究过他以前的生活是什么样子的，回到这个陌生的地方，他一个人应该也不好受吧。她不敢去想象他怎么离开那个需要他的家庭来到这座城市，又是怎么一个人生活还要把她拉进他本来就不鲜活的生命里，还不忘带给她平安和喜乐。

"季诚楠，你要记得按时吃饭啊。"她不知道怎么跟他开口她从另外一个人那里听来的关于他的事，除了叮嘱他好好吃饭，她想不出其他她自认为安慰的话了。

"好，你也是，天冷了记得多加件衣服，不要感冒了。"男人沉稳的声音从冰冷的听筒里传出来，明明是触碰不到的，她却觉得季诚楠好像站在她的面前，跟她小声说着。

简单地寒暄过后，说了再见。

她却迟迟不肯挂断电话，看着还握在手里的听筒，她想象着远在地球另一边的男人，现在应该收好手机准备睡觉了吧。

"季诚楠，我很想你。"轻轻的一句，你不用听见，我说给自己听，尽量不让自己看起来像个小丑一样，至少在这段我提都不敢跟你提及的感情里，我不用站上舞台，也要在台下舞完我最后一曲。

另一边，同样没有挂断电话的人，兀地听见这句话，心跳加速得不行。

小蘑菇头。

后来的日子，简桦往余秋浣店里走动得更勤快了。

局里接的案子越来越多，本来人手就不够，再加上季诚楠突然办理休职，周深一周能回家的次数也越来越少。

"周叔叔肯定恨死季诚楠了吧？他肯定因为不能每晚抱得美人香，心里把季诚楠骂了不知道多少遍了。"

跟徐行在一起的时间久了，简桦自然而然学到了她的一些本事。

"瞎说什么呢？他们这是为国家做贡献，再说你季叔叔本就跟他是好兄弟，他有什么好抱怨的？"说完这句话，正巧店子的门被推开。

简桦的座位正对着门口，看见来人提着打包盒往吧台走去。

"阿彦，你先回去吧，晚上还有课你就别忙了。"余秋浣对着吧台的人说道。

简桦顺着余秋浣的声音望过去，吧台边的人还在忙碌着。

戴着鸭舌帽，脸被遮了一大半，个子很高，穿着深蓝色的大衣，周身散发的气息显得他难以接近，简桦盯着出神，余秋浣叫了她老半天她才听见。

"姐，他是谁啊？"简桦有些好奇，前几次来的时候并没有碰见这个人啊，可是听余秋浣的语气，好像两个人很熟的样子。

余秋浣看简桦盯着吧台边的人盯了半天："你说阿彦啊，你周叔叔的弟弟，上个月刚过来梧城。"

简桦觉得，这个人很熟悉，可是又说不出来在哪里见过，简桦看着他的时候，莫名有一种亲切感。

"周深说他是过来找人的，可是问他找谁的时候又不说。白天的时候就在我这里帮忙，晚上给附近小区的孩子补习。啊，对了，你不是要高考了吗？可以让阿彦给你做做辅导啊，阿彦今年才从名牌大学毕业呢。"

余秋浣像是发现了一个良机，正巧简桦快要高考。之前听季诚楠说她前几次月考成绩下滑，这不刚好可以让阿彦给她补补课嘛。

"别，我可不想像别人家孩子一样连周末都被数理化折磨着。"简桦把最后一本书放进书包，拉上拉链的时候故意加重了力气。

"嫂子，我先回去了。"吧台边上的男生背上包往简桦这边走过来，他抬起头的瞬间，简桦有些发愣。

清秀的样子看着不过二十出头，光洁白皙的脸庞，透着棱角分明的冷峻。简桦心里像被什么东西挠得发痒，不自觉地想要跟他亲近。

"啊，好。路上小心。"余秋浣站起身将橱柜里的面包打包好递给他，"路上饿了吃，我跟你哥很晚才回来。"

男生伸出手接过，感受到简桦的目光，瞟了她一眼。

简桦被看得一激灵，目光随着男生离开的方向越飘越远，余秋浣看着她的样子："怎么了？触电了？"

听到被调笑，简桦涨红了脸："姐，你说什么呢？"

她把杯子里的奶茶搅晃得厉害，余秋浣忍不住笑道："好啦，杯子都快要被你晃坏了。"

简桦停下动作，心里的暗涌却抑制不住。

真的，很熟悉的感觉呢。

【3】

"简桦，有人找。"教室外的同学一脸嬉笑地看着简桦。从座位上起来的时候，徐行一把抓住她的手。

"简桦，我跟你打赌，肯定是舒其琛！"徐行一脸自信的模样盯着门外看不见的人。

站起的人一脚踢向旁边的凳子："你瞎想什么呢！"

走廊上的人很少。

高三年级在简桦教室楼下，可能是因为越来越逼近高考的日子，连带着简桦所在的这一层都很少有人在下课时间在外晃动了。

舒其琛拿着一沓厚厚的资料，上面是便利签贴满的痕迹，舒其琛看着简桦看了很久。

"我用不上这些东西了。明年你也要高考了，虽然不知道能不能帮上忙，你有时间的话就看看吧。"舒其琛递过来的双手修长有力，简桦还能看见他手上不知什么时候沾染上的墨迹。

"谢谢，费心了。"简桦把资料抱在怀里，抬头望着他。他可真高啊，好像比季诚楠还高了那么一点点。

舒其琛有些不好意思，抬起右手挠了挠后脑勺，轻轻咳了一声。

"简桦，其实你不用跟我这么客气的，我……"

话还没说完，上课铃声就响了起来，本来还吵吵闹闹的教室一下子安静下来。

简桦往教室里望了望，脸上是感谢的笑容："不管怎么样都谢谢你了，我先进去了。"

说完就往教室走去，舒其琛看着她往回走的背影，心里一下子又柔软了几分，可是很快又被感伤占据。

"学长，下次请你喝奶茶啊！"

走廊里有风吹过，带起简桦散落在肩头的头发，舒其琛看得出神："好。"

"怎么样？舒其琛跟你说什么了？"上课的时候，徐行偷偷给简桦传字条，这种小学时候才用的伎俩让简桦不经意笑出了声，任课老师往简桦这边投过来目光。

简桦装作认真记笔记的样子，在字条上写着："大小姐！你很八卦哎！"

将字条扔回徐行桌子的时候，简桦还顺势将她堆得高高的课本撤下了一半，露出她藏在书后面的脑袋。

徐行感受到前方堡垒的倒塌，惊慌地抬起头，发现是简桦搞的鬼，在简桦的身上回击着。

"嘀——"短信进来的声音，因为徐行把手机调成了振动，连简桦也感受到了。

徐行把手放在嘴边对简桦重重嘘了一声，然后埋下头看进来的消息——

"你真的不打算见我吗？徐行，我要拿你怎么办啊？"

发件人的号码是陌生的，可是徐行却猜出了是谁，她扣上手机，趴在桌子上。

简桦在一旁看着她，这个时候的徐行就像泄了气的皮球，一蹶不振，任简桦再怎么打闹她都不作声了。

简桦从课桌里翻出一张废纸，趴桌上写——怎么了啊？不跟我闹了啊？

递给徐行的时候，差点儿被任课老师发现。

隔了好久，才收到徐行递回来的字条——

简桦，我饿了。

简桦有种被徐行捉弄了的感觉，所以下课的时候故意没有帮她接水。

"好简桦，带我去嘛，我也好久没见着余老师了。"趁着一月一次的长假，徐行死赖着简桦想去余秋浣的店里坐坐，可是简桦还记恨着徐行上午对她的捉弄，故意不肯答应。

"好嘛好嘛，你看我回去也很无聊，你拉着我做伴嘛，好不好好不好吗？"受不了徐行的软磨硬泡，简桦才答应了她。

放月假的下午比起以前，放学时间提前到了下午四点半。

简桦到的时候店里人正多，余秋浣在吧台忙着结账，没注意到她们两个。

徐行拉着简桦在靠门的位置坐下，细细打量着店里的装潢。

"哎！简桦，我发现余老师比以前富态了不少，果然，恋爱的味道在这里都能闻到。"简桦装作听不见，看吧台那边忙不过来，放徐行一个人在这儿，到余秋浣那儿帮忙。

徐行坐着无聊，从手袋里翻出手机，又翻到了上午收到的短信——你真的不打算见我吗？徐行，我要拿你怎么办啊？

徐行看着陌生的号码，心绪被拉得好远，远到两年前，第一次见着他的时候。

周晋彦，你不用拿我怎么办，是我先走的，觉得愧疚的人应该是我，你不要觉得抱歉。你这样，会更让我觉得是我做错了。

"你好，请问要点些什么？"旁边的服务员问她。

周晋彦，你看，我想你想得着了魔的时候，还能把别人的声音听成你的。

你的？不对！

徐行抬起头，一样的身高、一样的面容，还有一如两年前一样的惊慌失措。

"徐行！"

等简桦注意到徐行那边时，发现本来坐在座位上的人已经不见，而桌子面前，周晋彦背对着吧台这边。

"你干什么！周晋彦你放开我！"徐行骤起的声音不止是吸引了吧

台这边简桦和余秋浣的目光，店里的客人也纷纷把目光投向了他们。

而简桦一脸发蒙，他们认识啊？

可她的思考比不上旁边余秋浣的动作，余秋浣疾步向徐行走去，想拉开还紧紧圈住徐行的人："阿彦，你在干什么，快松开。"

而徐行像看见救命恩人一样，悬在半空的手向余秋浣挥舞着："余老师快帮帮我，快拉开……快拉开这个疯子！"

余秋浣被一声"余老师"弄得莫名其妙，可是看着女生张牙舞爪的样子，一下子跟脑海里自己曾经教过的学生对上了。

"你是徐行啊？阿彦你先放开……好好说……"

周晋彦把她圈得愈发紧了，徐行有些透不过气，喘气声大了起来。

余秋浣的拉扯声和徐行的呼救声越来越大，简桦看着依然背对着她的周晋彦，搞什么啊？

她想着就往徐行的方向冲过去，一手抓着周晋彦的胳膊，一手抵着徐行的头想把两人分开。

"简桦，疼疼疼！你轻点儿！"徐行感受到简桦突然加重的力，她脑子里还能清醒地想着自己是不是快要死了。

如果真的死了，她绝对不会放过周晋彦和简桦的！一个快要把她箍死，一个快要把她疼死。真没想到她年纪轻轻的，就这么死了，还是死在她最在乎的两个人手里。

上辈子她一定是大奸大恶之人，而周晋彦和简桦就是来向她讨债的。

趁着最后一口气，徐行使出全力地喊道："周晋彦你王八蛋！你不得好死！"说着她自顾自地开始哭了起来。

哭声越来越大，简桦松开还扒在徐行头上的手，不知所措地站在一旁，而周晋彦像是使光了身上所有的力气，任由徐行挣开他的手。

余秋浣将桌上的水递给徐行，周围的客人把目光散去，只有围在一块儿的四个人，心里暗涌翻动。

"你要躲我躲到什么时候？"周晋彦看着徐行许久才开口，余秋浣拉着简桦就要走，却被徐行拦了回去。

"走什么！不然别人到时候真误会了我跟他有什么见不得人的关系。"徐行灌下一大杯水后，话依然说不利索。

简桦把徐行护在身后，觉得她对面前这个人之前产生的所有的熟悉感都消散了。

"周晋彦，我今天就跟你说清楚。"徐行把简桦拉回身后，站在周晋彦的面前。

简桦觉得徐行现在像极了一个女战士，身披铠甲，手执圣剑，即将亲自斩断她和面前这个男生的所有关系。

"是我对不起你，是我先跑了不错。可是说到底我们是什么关系呢周晋彦？你只是我的家教老师，我只是你众多补习学生中的一个。以前是我不对，非要死缠烂打围着你转，现在我想通了，我不打扰你了，你为什么又非要来找我呢？

"周晋彦，我们没有关系了。我不会像以前一样打扰你，请你，不对，请求你，就像以前一样用视而不见的态度对我好不好？我徐行，受不起你这份感情。"

　　说完这句话，徐行就拿包准备要走，可是包里的书压得她一下子沉了腰，周晋彦扶住她，紧闭着的唇被咬得煞白。

　　简桦走到座位上拿起徐行的书包，真重！

　　"你就不想听听我的想法吗？我从凰城追过来是为了什么，你就不想知道吗？"

　　"我不想知道！"

　　话没说完，徐行便大声打断了周晋彦的话，简桦看出徐行眼里的害怕。

　　"周老师，不好意思打扰你之前和现在的工作了。我还小不懂事，烦请你原谅我了。我以后绝对不会出现在你面前，再把你的生活搅得一团乱了！"

　　说完这句话，徐行连包都不要就跑出去了。简桦看着门口一闪而过的人影和站在原地不动的周晋彦。

　　"余老师，我去看看她啊。"说着简桦背起两个书包就往徐行跑远的方向追去。

　　上天做证，简桦背着两个超过五公斤的书包在大街上一路狂奔，感觉人生真的只能这个样子了。可是等她找到徐行的时候，又想收回刚刚那句话，不是的，人生还有很多种可能，有失落的，也有充满戏剧性的。

　　譬如现在的徐行。

　　本以为徐大小姐会找个地方哭得暗无天地山崩地裂，可是没想到，她正撸着串，还嫌老板放的辣椒太少。

"徐公主？"简桦很少这样子叫徐行，除开小学那一次徐行因为帮她打架最后却被对方揍得鼻青脸肿之外，她真的没有再这么叫过徐行了。

"干吗？你要吃啊？不行，简桦，你看我都这样了，你不能再来剥削我了。"徐行因为刚刚哭红了鼻子，现在一脸通红地站在烤串摊子前，活像来打劫的。

老板看着简桦过来，像看见活菩萨一样朝着她挤眉弄眼，求求你把她带走吧，这生意我不做了我不做了……

"别吃了，再吃你非得胖十斤！"简桦看着徐行不歇气地接连吃掉了二十串，有些紧张地盯着徐行眼看着已经撑起来的肚子。

"简桦你干吗呀？！我刚刚遭遇了我人生的低谷，现在连肉都不能吃了吗？你怎么比周晋彦还烦啊？"话一出口，本来正准备送进嘴里的肉被她放下了。

简桦看着她不再有任何动作的手，付了钱把她拉进旁边公园的亭子里。

她一直知道在她们分开的那几年里，徐行有过一段感情。十八岁生日那天，徐行打来的问候电话里，还特意问她喜欢一个人是什么样的感觉？那时候简桦想着坐在房间外面的季诚楠，她自己也不清楚，有时候看着季诚楠为她做的琐碎的事情，她都能高兴好半天。可是等徐行问出口的时候，她却不知道怎么回答了，什么感觉呢？就像是心里的阀门被突然打开，可能这里面汹涌而出的水，连她自己也掌控不住。

"你要不要哭了？不哭了就回去了。"夏夜的风带着力道，她能听见周围的树被吹得东倒西歪的声音，徐行不说话，一直安静地坐在那里。

"你转过去。"徐行摸着口袋里的东西，不想让简桦看见。

"你干吗啊？"

"你转过去嘛！"

两人的拉锯战在简桦要不要转过身去中展开，后来简桦磨不过她，抱着自己的书包坐到亭子的另一边，不看她。

"啪"的一声，然后是很久之前在季诚楠身上闻到过的烟草味。

"徐……"

"你别转过来！"话没说完，就被徐行厉声打断了。

简桦不敢说话了，她明明听见了徐行声音里的故作声势和一点点愧疚。

"简桦。"徐行的声音很轻，轻得简桦几乎听不见，可是靠着这些年的默契，她能感受到徐行是真的在叫她。

"嗯？"烟草味很浓，简桦闻着有些反胃。

她记得季诚楠以前也是抽烟的，可是在她入住他家后，他几乎改掉了这个恶习。

"我让你转过去，只是不想让你看见这样的我。我会觉得我是个坏孩子，我不想你因为这样就放弃我。"简桦听着她的每一字每一句，突然想起好多年前她们躲在教室门外的那一天，两个小小的女孩子小声耳语着，阳光正好，墙上映着她们肩靠着肩并不孤独的影子。

"从小因为我爸妈的工作我就跟着他们四处转学，小学和你在一起的那几年是我在一所学校待得最长的一次，你在听吗？"徐行吸进最后一口烟，将烟蒂丢在地上。

简桦听见她踩灭烟头的声音："在。我可以转过来了吗？"

"不要。你听我说完。"接着又是打火机响起的声音。

"我没有什么朋友，简桦，我真正的朋友只有你。"哽咽的声音，徐行说话的时候有些断断续续，她听见背对着她的简桦同样发出抽动鼻子的声音。

"每次转学的时候，我都想跟你说，在那个新环境里我真的很难适应。他们都是玩在一起很久的人了，已经有了固定的圈子了。而我站在所有人的圈子外面，显得特别的怪异，连我自己都觉得自己是多余的，是不被人欢迎的。

"那时候我总喜欢跟你说我又交着新朋友了，朋友们都怎么怎么对我好。可是简桦你不知道，初中有一次转学去外省，班上的同学歧视外地人，下课的时候他们把我围堵在座位上，扔掉我的文具盒，扔掉我的书，还嬉笑着说把我也扔出去。"

两道重重的抽泣声同时响起，简桦抱着书包不敢抬头。

"我站起身反抗，被他们一下又一下地推到垃圾桶里，真新鲜！我徐行也会有这么一天。"也许是因为憋不住了，简桦听见徐行站起身的声音，然后被她圈住。

有一滴冰凉掉进她的颈窝里。

"高一转去凰城，我爸非要给我找家教。"

久久地，简桦听不见徐行说话的声音，她回过头，书包掉落在地上也不管，伸手抱住徐行。

"那是我第一次见周晋彦，背着我最讨厌的补习教材，第一句话就是问我会不会背化学元素表。

"我连九九乘法表都能背差数儿，哪会背什么元素表啊？可是他说没关系，一个一个地教我念，订正我做错的考卷，他的字很好看，比你的好看多了！

"我喜欢这个大哥哥，连最烦的化学课我都会认真听了。有一次我非跟着他去参加朋友聚会，他的朋友调笑我是他的小女朋友，他却变了脸色，说我只是他的补习学生。

"是啊，现在我想通了，他对我就像对以前他辅导过的任何一个学生一样，是我自己非要往他跟前凑，非要黏着他。可是我现在学乖了，我都躲着他了，为什么他却要来找我了呢？

"简桦，可能以前是我不懂事，可是现在我知道了，千万不要去惦记不该是你的东西，那样子太累了。你围着他就算转满了整个地球又能怎么样？是你自己一开始就没有看清楚，你在地球，那个人在月球。"

爱情是没有那么伟大，可是没有爱情，我不能真正地面对自己心里缺失掉的那一部分。

第四章
两地相隔

【1】

接到季诚楠电话的时候，简桦刚巧到家。

季诚楠回安纳西已经好几个月了，连今年的春节都没有回来。

她记得大年三十那天，周深满脸不乐意地把她接去他家，后来跟季诚楠通电话的时候，她有些不高兴。

"你都回去两个月了，什么时候回来啊？"简桦的手指不老实地抠着手机的按键，声音刺耳。

"简桦，别抠了，耳朵要聋了。"季诚楠没有回答她的话，但是说出的话却带着宠溺。

"我暂时还得待在这边，你要是有事就给我打电话，没事的时候也可以打给我。"简桦听着听筒里传过来的声音,心里被挠得痒痒的。

"好。"

"简桦,我有些想你了。"窗外鞭炮声不断,小小的房间被震得砰砰响。

简桦听不清电话里的那个人说了什么:"你说什么?"

对面的人轻轻笑了一声:"没什么,早些睡。"

"听余老师说今天发生了很多事?"季诚楠总是喜欢从余老师那里打听她近来的情况,有些时候会特意地问,有时候又假装不经意地问起。

可是简桦觉得怎样都好,至少他都是在乎着她的。

"嗯,你什么时候回来啊?"简桦迫不及待地想要知道他的归期,算起来他们已经有半年没有见面了。

对面的人好像穿过一条长廊,简桦听见话筒里呼啸而过的风声。

"怎么?想我了?"季诚楠紧抿着嘴唇,脸上的胡楂青了不少,他很想念被他放在家里的"小蘑菇头"啊。

"想啊,可是想了你又不能回来。"简桦从抽屉里翻出充电器,充上电的时候屏幕亮了起来,她看了一眼时间,已经快十二点了。

"凌晨四点的飞机。"电话那头的人轻叩着台面,声音很轻,却一点一点传进简桦的耳朵里。

"什么?等等啊!"简桦确定没有听错,所以她冲到电脑面前,打开网页查着国际航班,凌晨四点的飞机,那就是说明天中午她就能看见季诚楠了。

季诚楠听见噼啪的键盘声，忍不住笑出了声儿。

她好像也急切地想看见他呢。

"明天中午就到家了是不是？是不是？"突然提高的声音让季诚楠不自觉地把手机从耳边拿开了一些，他的笑意更加藏不住了。

"如果你没有算错时差的话好像是这样的。"

挂断电话后，简桦却觉得有些不真实了，离开那么久的人跟她说，明天就回来了。

她睡不着，一遍一遍打开手机屏幕，可是却发现没有多走动一分钟，她翻个身，打开信息页。

停了好久，终于敲下一段字。

"你没有骗我吧？季诚楠，你不能骗我哦。"

发送出去之后，简桦起身看见窗外正挂在天空的月亮，圆得有些不可思议，有云层飘过，月亮照射出来的光显得异常好看。

"嘀"的一声，有短信进来。

"我什么时候骗过你？"

明明是个反问句，简桦却觉得比真金还要真。

云层飘过，月亮的光映照得更清晰，她伸出手想试着抓抓看，却被自己幼稚的想法给逗乐了。

果然，月圆的时候最适合团圆了。

徐行的造型很酷，至少在她自己眼里，是这样的。

可是在简桦一次次投去的眼神里，透露着：你神经病啊？哪有人上课戴墨镜的啊？

坐在旁边的人不动声色地将上课用的课本一一拿出来，动作干净利索。简桦伸出手想取下她的墨镜，却被徐行一手给拍了回去。

"你干吗？！"

"你干吗？上课戴着墨镜干吗？不怕等会儿被老师说啊？"简桦一脸莫名其妙看着徐行，生怕她因为昨天的事又整出什么幺蛾子来。

"放心，我已经跟老师打过电话了，我说昨天我家楼下电线被没天良的小偷偷了，回去的时候看不见不小心磕在楼梯上了，她居然信了。"徐行把墨镜放下一些，看着简桦。

"你看我眼睛都肿成这样了，要被别人看见了，可不丢死人了？"说完又把墨镜推了上去，将书面整齐铺开，上面满满的卡通漫画布满了整页。

"你能不能像我一样成熟一点儿？"简桦指着被徐行画花的课本，无奈地说。

可是旁边的人看都不看她一眼，就倒头睡了。

中午吃饭的时候，简桦特意拨通了家里的电话，她想确认季诚楠是不是已经到家了。

接通的声音连续响了好几次，就在简桦猜测季诚楠还没有到家的时候，电话却接通了。

"喂？简桦。"电话里传来的声音明明昨天晚上才听过，可是简桦却觉得不一样，近了，更近了。是因为她知道他就在家里，就在他们共同生活了好几年的家里。

"你怎么知道是我啊？"简桦有些不好意思，这通电话明显就是拨给他的，他接起了，就意味着他知晓了她的小心思。

"就我们两个知道这个号码。"电话里除了他的声音，还有毛巾摩挲着的声音。

简桦脸都红透了，她有种想要马上回家的冲动，看看她已经半年不见的人。

"你刚到家吗？"简桦不知道该怎么接话了，她只是想确认他是不是到家了，可是等他真的接通电话，却不知道该说些什么。

什么话都比不上她想亲眼见见他。

"嗯，刚刚洗完澡。"男人重重的鼻音传过来，简桦觉得诱人，咽了咽口水。

"哦，好，那我挂了啊。"

"好，晚上我去接你。"

食堂的人很多，徐行不愿意挤在这人山人海里，拉着简桦去了学校外面的小吃街。可是依然人满为患。

好不容易找着座位，老板见她们只有两个人，问她们愿不愿意拼桌。

徐行不满地抬起头，戴着墨镜的脸被遮了一大半，可是看见站在老板身边的人，脸上却乐开了花："愿意愿意，熟人熟人！"说完就起身坐到了简桦旁边。

简桦当时在点菜，等对面的人坐下才看清是舒其琛和旁边的柳琉。

学校为了让高三学生错开中午就餐高峰，所以按年级从高到低推迟中午的下课时间。柳琉跟她们一级，因为晚下课的这些时间，现在已经饿得不管不顾了，所以就算对面坐着简桦和徐行，她为了填饱肚子装作看不见她们。

"不好意思了，麻烦你们了。"舒其琛有些不好意思，为了等柳琉，所以现在才出来。他起身去柜台拿了四瓶果汁，回过身的时候发现柳琉又跟徐行斗起了嘴。

"小姐姐，你能不整天黑着脸吗？我看着难受。"徐行说话的时候简桦扯了她一把，却没想到弄翻了桌上的盐罐，撒落出来的细盐飞了柳琉一身。

"你们是得了见了人就要泼东西的病是吧！"柳琉站起身，抖落身上的细小颗粒，没想到弹起来的盐粒溅进了她的眼睛。

"哥！她们俩整我！"柳琉的一声控诉让本来就吵闹的饭馆一下子安静了起来。

简桦和徐行面面相觑，哭笑不得。

舒其琛看着跳脚的柳琉，拿她没有办法，将桌上的纸巾扯给她："去厕所洗洗。"

柳琉摸着纸巾半天睁不开眼："看不见路啊！"

一句话说得大家好气又好笑，徐行使坏的性子起来了，正要起身的时候又被简桦扯过："你老实待着。"

然后抓着柳琉的手准备往厕所走，可是柳琉不肯，手一使劲儿挣开简桦的手，却没想到把自己给带了出去摔在了地上。

"嘭"的一声，连带着旁边的桌子也翻倒在了地上。

徐行在一旁看得不明所以，惊呼的声音提高了好几个分贝，才把愣在原地的简桦和舒其琛给拉了回来。

"柳琉！"

"你没事吧？"

简桦扶在半空的手被柳琉紧抓着，生生地被抓出了血印。

舒其琛掖着柳琉的胳膊，把她从地上给捞了起来。

眼前的一切发生得太快了，如若不是旁边桌的不满声传来，四个人都还愣在原地没有反应过来。

"还让不让人吃饭了啊！"碗摔在地上的声音刺耳得厉害，简桦望过去，大多数人往他们这边看过来。

"哎呀！几个小姑娘怎么这么能折腾呢！弄得这一店子的人都不能好好吃个饭。"

"你是她男朋友吧？"老板走进里屋，将翻倒的凳子立好，看着搀扶着柳琉的舒其琛和简桦问。

眼神在他俩身上不停打量，简桦这才意识老板是在问她。

"不是的，你误会了误会了。"简桦松开还扶着柳琉的手，转身走到了徐行的身边。

可是老板只当两人不好意思，一边安抚着邻桌的客人，一边又调笑着她跟舒其琛："年轻人嘛，吵吵闹闹是好事，最怕的是两个人不吵不闹连话也不说了。哎，小伙子，这就是你的不对了，怎么能晾着你的女朋友还拉着另一个女孩子呢！"

舒其琛正在给柳琉清理眼睛里的细盐，听着老板的一番话，停下了手里的动作："这是我表妹。"

徐行看着面前的三个人，心想舒其琛这招可使得好啊，人家老板误会他跟简桦，他却只开口解释他跟柳琉的关系。

"你们说够了没！老子饭还没吃完还得听你们在这儿打情骂俏啊！"邻桌的人看着简桦一行人迟迟将他晾在一旁，心里的火更盛。

"哎呀，别气别气，这顿饭我请行了吧？"徐行赔着笑脸把简桦拉到身后，然后朝着舒其琛使眼色，你倒是说句话啊！

将柳琉拉到座位上坐好，舒其琛将刚刚拿回来的果汁拿在手里，走近邻桌的时候还特意往简桦这边看了看。

"不好意思了，打扰到你们吃饭，这果汁给你们赔不是了。这顿饭我请，你看看你们还需要些什么，随便点。"说着把手里的果汁放在被老板立好的桌子上，看见简桦向他看过来，朝她一笑。

餐馆老板看着舒其琛妥帖的做法，也帮着打圆场："哎哎，是啊是啊，小伙子别气了哈，人小情侣闹别扭，你多担待。"

这话一出，简桦有些沉不住气了，再这么下去就真的误会了，她刚要开口，手却被徐行使了力拽住。

"小姑奶奶，你别出声了，没看着别人在帮我们圆过去嘛！"徐行扭头说着，手上的劲儿使得更大。

简桦手上刚被柳琉抓出的血印更深了。

【2】

晚上的风有些凉，从教室出来的时候要经过学校的公告栏。

简桦看着上面张贴的信息——庆贺我校舒其琛同学被成功保送至同吾大学。

照片上的人跟她平常所见时无异，谦逊有礼的样子让他成为学校女生竞相追捧的对象。用徐行的话来说，家世好、有样貌、性格又好，舒其琛俨然就是校园男神的标本嘛。

简桦突然觉得，有些人生来就是光芒万丈的，跟家庭无关，跟所有的外在内在的环境无关，他只要站在那里，就像上帝特意投向大地上的一束光，将他包围其中。

"听说舒学长可是以第一名的成绩被优先录取的，真好，人又帅，成绩也这么好。"

从身边经过的女生同样看着公告栏上的人，一脸艳羡地跟旁边的女生说着。

"那可不是，这是我哥，不是有些人能高攀得上的。"

简桦看过去，柳琉也正看着她。

对面的人一脸傲气，简桦突然觉得好笑，她跟舒其琛，真的没什么的。

现在正是放学时间，学生从教学楼出来时的说话声使得静谧的校园一下子热闹了起来，简桦看着上完厕所出来的徐行，礼貌地跟柳琉道别。

还没走远，就听见柳琉的声音："装什么！还不是一样赖在我哥身边，像条狗一样。"

像条狗一样。

她曾经也这样评价过自己，只是她赖着的那个人，是季诚楠。

她想起半年前碰见言可的那个早上，言可提起从周深那里听来的她，她觉得自己在别人眼里看来多半都是可怜的、卑微的，甚至是被人怜悯着的。

就像一条狗一样。

心里这样想着，连徐行跟她分开她也没有察觉。

她突然很想问问那个人，在他的心里，是不是也是这样想的呢？一条被他突发善心抱回来小心养护长大的狗，说起来，她在他不在的这半年还练就了看家的本领，这样，他是不是很高兴呢？

⋯⋯

"简桦！"突然的一声把简桦的思绪拉了回来，然后身体被一带，被人拉进了一个熟悉的怀抱里。

"季诚楠，你怎么现在才回来啊？"

她被他抱在怀里，飞驰而过的车离他们不远，简桦用了好半天的时间才反应过来，刚刚她好像径直走上了斑马线，对，在没有看清红绿灯的情况下。

好闻的气息混杂着烟草味，她抽鼻子的时候有些恶心，可是再闻的时候却觉得这混合的味道让她心里的波动有了小小的缓和，她甚至有些不明白，刚刚那些愚蠢的想法究竟是从何而来的。

可是不管怎样，现在都已经不知去处了。

"你走路都不看红绿灯的吗？读书读得脑子都被糨糊糊住了是吧？"季诚楠忍着怒意，把简桦从怀里隔开，他的手上使劲儿，将她的衣服抓出褶皱来。

一瞬间，他的双肩被紧紧箍住，她的小脑袋在他怀里蹭了蹭："再抱抱我吧，季诚楠你再抱抱我。"

你走的时候我不敢让你留下来，甚至连一句会想你的话都说不出口，可是你回来了，我就不想再让你走了，至少，带上我好不好？

松开的手又覆了上来，简桦觉得不够用力，往季诚楠怀里又靠了靠，靠得没有位置再能容下她了。

车停在楼下，简桦坐在车里不动。

已经夜里十点了，季诚楠从外套里掏出烟盒，开了车门。

简桦透过车窗看着他，下车前，为了不让她闻到烟味，他特意锁了窗户。

半年不见，他看着比之前瘦了不少，夹着香烟的手指纤长。

简桦把书包单挎在肩上，打开车门的时候不小心碰翻了门锁下的物件，她拿起来，张大着嘴却说不出话。

是本破烂的字典，翻开的扉页，还写着她的名字。

那时候他总嫌她字丑，说女孩子的字写得清秀些显得人也娟丽，所以在他每日的监督下，她在睡觉前总要写完两页才洗漱上床。

可是她一点也不喜欢字帖内页里那薄若蝉翼的描页，有时候一不小心，就会被她划破。

所以她总是在字典上写写画画，她喜欢那厚厚的一沓书里的词汇和成语，没事的时候总爱翻开看看。

上面的空白处已经被她写满了，内页有好几张都要掉落下来，又被她用胶水小心粘好。

她也不记得这本字典是什么时候不见的，随着年级的上升，她已经用不上了，只是有时候突然想起来，却怎么也翻找不出来。

季诚楠听见车门打开的声音，回过头来看她，灯光打在她的脸上，看不大清楚，季诚楠心里却莫名咯噔一下。

行李还放在客厅里，简桦放下书包，将他的行李箱拖进卧室里。

还是他走之前的样子。

这半年里，她每每打扫房间的时候，总觉得他还在。期待他回来的时候看着干净无尘的房间会夸夸她。

季诚楠从冰箱里拿出速冻饺子，烧开的水呼哧呼哧地响着，客厅里的灯比起他走前暗了许多，他从杂物间里翻出灯泡。

"简桦，过来扶着。"他将梯子小心放正，简桦整理好最后一件衣服，出来的时候季诚楠正往梯子上爬。

"我之前换过了，可是不知道为什么，总觉得没有以前亮堂了。"她的手扶着梯身，能感受到季诚楠的重量，沉沉的，像掉落一湾池里的石头，沉进她的心里。

年三十的晚上，她从周深家回来，按了客厅的开关却没有反应，借着手机的光她找出放置在最角落的灯泡，站在没有人扶着的梯子上，泪流满面。

季诚楠，这个时候你怎么不在我身边呢？我宁愿你骂我笨，也不想一个人守着这屋子，让我觉得这以后的生老病死都由我一人承担。

灯泡亮起的时候，锅里的水烧得快没了，简桦往里面添了些水，坐在季诚楠旁边。

"嗯……"她不知道怎么开口，关于那本被他放在车里的字典，关于他迟迟没有回来的原因，也关于她藏在心里不知道怎么开口的感情。

"怎么了？"合上从书房里拿出来的资料，他的回职报告已经递交上去了。

听着季诚楠的声音，她突然不想问了，手攥着衣角，抬起头，直接说吧。

有些话，我想直接跟你说。

"我好像喜欢上一个人了。"扭扭捏捏了半天，她在开口的时候话头一转，隐晦地跟他说起。

一下子连空气都好像凝固了。

她心里幻想过无数次有一天她将心里藏了好久的秘密告诉他的时候，也许是一个温暖的春天，她丢弃掉还飞在空中的风筝，跑到他的面前，她的脸上有微微的汗渍，可是没有关系，在她喜欢了好长时间的这个人面前，她不惧怕把自己狼狈的样子展示给他看。

可是她想过他残忍地拒绝，想过他欣喜地接受，却没有想到，他的下一句话，把她悲怜的心意踩踏到无以复加的地步。

"是公告栏上的男生？"

简桦被他生生地拉回现实，直视着季诚楠的目光里带着羞耻和愤怒。

原来，他一直跟在她的身后，也就是说他早就看见了她，也听到了她跟柳琉的对话。

可是他却没有站出来。

是啊，他要用什么样的身份和理由站出来？

简桦不知道，她强压着心里翻滚的情愫，不自觉地加重了呼吸声。

然后听见季诚楠起身往厨房走去的声音。

她像失了魂魄一样，看着季诚楠往锅里放速冻水饺，看着他小心翻动着舀起里面的浮油，然后洒上葱花，把碗放在她面前的茶几上。

"快吃吧。"轻描淡写的一句话。

"你喜欢谁是你的自由，不用特意告诉我。"更加轻描淡写的语气。

简桦只觉得脑子嗡嗡的，像是谁敲击着木鱼一样敲击着她的脑袋。

那么，我喜欢的是你呢？也只是我的自由吗？要不要特意告诉你？

她的手有些不受掌控，端着碗的手有些抖，她感受到季诚楠望向她的目光。

"嘭"的一声，简桦把碗放在桌上，转过身让自己正对着正往嘴里送食的季诚楠。

她的眼神有些炽热，季诚楠被她盯得有些不知所措："简桦。"

她听见他叫她的名字，比起以往任何时候她每每想起对季诚楠的感情都觉得羞耻，是不安于现在这层关系的羞耻，是不比徐行对周晋彦那份想错就错到底却发现根本连开始都没有的羞耻。

她抬手抓住季诚楠的手，想确定他真真切切地就坐在她的面前，不是有些时候她虚晃一眼看错的影子。

碗里的汤汁洒在了她的手上，刚巧落在被柳琉抓破的地方，她明明觉得烧得疼，可是比起心里犹如被铁锤砸碎的痛感，她一点也不在意那点像被蚂蚁咬的细碎感觉。

季诚楠的手被她勒出白色的印子，他心里有些惊讶，面前这个小小的姑娘怎么突然有了这么大的力气。

他腾出另一只手将还是满满的碗放在桌上，因为简桦抓着他不肯放手，他的姿势显得有些别扭，一只脚奇怪地别在地上。

"季诚楠，你听我说完。"简桦脸泛红，空气里流动着不知名的东西。季诚楠突然觉得，在他不在的这段时间里，他的"小蘑菇头"，有了些他不曾参与的变化。

"公告栏上的人叫舒其琛,高三,帮我解过一次围。阿行说他喜欢我,可是我不管这是开玩笑的还是真心的,他自己没有跟我开口过,我就不会多想自己怎么突然有这么大的魅力能让风纪组的组长对我这么上心。"

太不真实了,她确定这些话是她说出口的,可是脑子里迷迷糊糊的,像做着一场梦,那些声音像是从遥远的外太空直直地传来,她觉得头晕,可是手里抓着的体温一再告诉她,说下去,把这些话都告诉他。

"你总拿我当小孩子。是,我是你带回来的,我是你养大的,你把我从最破旧不堪的地方捡回来。我现在明明……明明就抓着你的手……"

话说不清楚了,她心里想说的话还有很多,可是却不知道要怎么才能表述清楚,怎么样才能让面前的这个人听得明白。

她的胸腔里有样东西在撞击着,比她还没有说出口的那些话还要迫不及待地想要出现在季诚楠的面前,她重重地呼吸,气息有些不稳。

季诚楠看着她,伸出手想要抚平她的气息,伸在半空的手被简桦抓住,然后是他自己都没有想到的动作。

简桦把季诚楠抓住的双手合在一起,话接不下去了。

她感觉她的心就要跳出来了,她做了一个至今为止从未做过的勇敢举动,将季诚楠的手,合在了她的左胸腔上。

季诚楠仿佛被刺激了一般,不自觉地想要把手挪开,可是简桦不让,死压住他的手。

他感觉到简桦胸前的柔软,就像那一次在车上不小心触碰到一样,脸上的燥热骤起。

"简桦！你在干什么！"质问的声音响起，简桦心里突然平静了下来，她将双腿抬起，准确无误地压在季诚楠的身上。

"我喜欢你！季诚楠我喜欢的人是你！"

……

她的眼睛突然被蒙上，按压在她皮肤上的手抖动得厉害，她在心里呼了一口气，感觉到一股前所未有的轻松袭来，连压在季诚楠身上的双腿和抓着他的手也卸了力气。

"你知不知道你在说什么？"简桦的眼前是黑的，她在等待着季诚楠判给她什么样的刑罚。

"知道。"

季诚楠觉得简桦没有明白他的意思，将蒙在简桦眼前的手松开："我在问你，你知不知道自己在做什么？"

简桦看着他："知道，我说了我不是小孩子了，我也说了让你不要把我当孩子看了。"

季诚楠有些泄气，他将简桦的双腿从身上挪开，又从地上拿起拖鞋穿在简桦的脚上。

"女孩子要有该有的矜持，有些话不能轻易说出口。"说着，他站起身将桌上的碗放回了厨房。

简桦的目光随着他的动作移动，紧紧地盯着他。

果然，是死刑啊。

她有些泄气，双腿蜷在胸前，把头埋在了臂弯里。

身旁是沙发陷下去的声音。

她不想管了，没有丢不丢人的念头，她从一开始就只是害怕这句话说出口后，季诚楠会丢弃她。

……

她想起有一次跟九叔走在街上，路过的巷子里有一只病得气喘吁吁的小狗，不像大街上被主人亲昵地抱在身上的光鲜亮丽的宠物狗，而是那种在乡野里随处可见的浑身棕黄色的土狗。

跟她差不多大的孩子围转在小狗的旁边，嬉闹着往小狗的肚子上踢了一脚又一脚。

她站在原地，看见有人呵斥着那些孩子，以为是来救走那只可怜的小狗的，没承想，来人用藏在身上的菜刀重重往小狗的颈部砍去，她听见"呜咽"一声，然后是那人满脸的血迹。

"走吧，那些都是被人丢弃掉的东西，不会有人在意。就算有往它身边去的，也不过是想从它贫瘠的身上再获取些东西。"九叔看着停在原地的简桦，一声叹气。

她觉得她现在就像那只一刀毙命的小狗，可是她想不到，她的身上还有没有让季诚楠能获取的东西了。

没有了吧，她现在的一切都是他给的，她有什么样的神通本事还能给他些什么呢？

……

当简桦突然被腾空抱起，她惊慌地抬头，发现季诚楠也在看着她。

季诚楠的动作很轻，他小心将简桦放在他的双腿上，看着她一脸的不知所措，嘴角勾了起来："怎么？刚刚那副胆子不见了？"

明明是调笑的语气，简桦却觉得没有比这更温柔的声音了。

她昂着头看他，手覆上他的衬衫，紧紧攥住。

简桦把头靠在他的胸口上，听见里面心脏跳动的声音。

"简桦，这些话应该由我来说。"头上的声音传来，简桦甚至能感觉到季诚楠胸腔的起伏。

"啊？！"她突然有些惊喜。

跟在季诚楠身边的这些年，她唯一练就的本事就是能准确抓住与人谈话时的重点。

抛开所有的客观与主观条件，准确无误地将一句话抽丝剥茧抓住中心。

季诚楠挪了挪身体，然后将简桦扶正，面对着她："你还是个孩子……"

话还没有说完，简桦就要反驳，每次她的反驳都会有征兆，习惯性地将双手紧握，显得自己特别的郑重其事。

可是季诚楠没能让她开口，气息便封锁住了她即将爆发的怒意。

简桦觉得有些不可思议，她睁着眼睛看着近在眼前的人，是他的头发、是他的眉眼，可是她却不确定，贴在她嘴唇上的柔软是不是他的。

季诚楠微微张开眼睛看着不认真的简桦，很想笑又怕破坏了这气氛，可是没承想，倒是眼前这姑娘先一步坏了氛围。

她紧攥着他衬衫的手松开，一点点向上，试探性地停在了两人的嘴唇间。

季诚楠感受到她的手先碰了碰被他紧封着的唇，然后一个反向，又覆上了他的。

他突然兴起似的想要惩罚这个不认真的人，一口咬住她的手指。

"呀！"因为吃痛，简桦一下子推开季诚楠，从他的身上滑了下来。

"这么不认真？"季诚楠将她小心扶好，眼里的笑抑制不住。

面前的小人羞红了脸，他觉得格外好看。

想伸手抱抱她，又怕惊吓着她。

简桦还没有反应过来，双肩被季诚楠扶着，避免了她因为头晕目眩而发生随时摔倒的狼狈情况。

"还说不是小孩子，你看你都吓成什么样子了。"季诚楠看到她手上的血印，把她的手握在手里，细细地摩挲着。

"怎么回事？"他问。

简桦顺着他的目光看过去，才算是把失掉的魂魄找了回来。

"不小心磕的。"她有些闪躲的眼神没有逃过季诚楠的眼睛，季诚楠正了正脸色，一脸不相信地看着她。

简桦觉得太羞耻了，比刚刚的羞耻有过之而无不及。

她的脑回路还没有理清这一晚上究竟都发生了什么，她只记得前几分钟她还因为季诚楠兀地提及舒其琛，现在却不受控制地变成了眼前这个样子。

季诚楠将她的手送到嘴边，简桦以为他又要像刚刚一样挨个将她的手指咬一遍，吓得直往回缩。

可她现在的力气比不得刚刚，怎么也挣脱不开。

她的手被季诚楠紧紧握住，放在嘴边对着泛红的地方轻轻吹了吹。

"用这样的借口，你是把我当傻子吗简桦？"

"没有啊。"

【3】

高考前的那一天，学校提早了放学时间。

准高三生也被老师赶着去高考班听取高考生的最后一堂动员课，简桦听得仔细，徐行却呵欠连天只等结束。

六月的天有些闷热，教室里除了嗡嗡的风扇声，安静得再也听不见其他声音。

任课老师看着窗外收拾东西的高三学生，像是刻意迎合着这个充满感伤的日子，轻轻敲了敲黑板："明年这个时候就是你们离开这所学校了。很多人都将这一生交给高考、工作、家庭，甚至连自己死的那一天，能葬进冢还是随意将骨灰洒在田野都与这一天有着或多或少的联系。可是我希望你们能明白，你们的这一生，不是为了在别人眼里看着有多光鲜亮丽，而是取决于你自己，是不是碌碌无为，无所作为。不要太在意别人的想法，你们此生过得好与坏都与他人无关。"他说着说着，翻开书的内页，"人生本就是一种无法抗拒的前进。所以，你们一定要替自己做决定，哪怕走错了也没关系，坏的，就当试一试；好的，就谢谢自己，做了自己对于自己对的决定。"

……

窗外传来的声音喧哗不断，简桦听见楼下的学长学姐大声谈论着谁还没有跟心爱的女孩表白，谁还没有背完财政的重要作用，觉得这一场呼啸的疾风已经在向她刮来。

收拾好东西后，简桦跟在徐行的身后走出教室，却在门口猛地撞上了徐行的背。

"你干吗？！"简桦摸着撞疼的额头，感觉门外的阴影将她包围起来，她抬头，看见一脸坏笑的徐行和站在一旁的舒其琛。

"啊！简桦！我想起我还要回去帮我奶奶拿干洗的衣服呢！我先回去了啊！"徐行边说着边往外跑去，简桦看着她的背影，突然觉得徐行有些不厚道。

"你是不是还欠我一杯奶茶？"舒其琛看着她，走廊里的风微微带起他额上细碎的刘海，被丢弃在地上的卷子和课本从顶楼一直蔓延到他们这一层。

她这才想起上一次舒其琛来给她送资料时，她亲口答应过的："不好意思啊，最近课业太多，我都忘了。"

说着，她跟上舒其琛的脚步并肩往学校外面走去。

还是下午五点的时光，街上还没有被下班的人群占据，简桦跟在舒其琛的身后，有一搭没一搭地说着话。

"明年这个时候你也高考了，加油啊。"

"嗯，想想对未来真的挺迷茫的。"

"简桦，你很优秀的，要对自己充满信心。"

"我可不像你，唯一的保送资格呢。"

太阳的余晖打下来，影子被拉得很长，简桦看着身边的人，想想自己，好像对未来真的没有什么特别的规划。

她唯一想做的，就是待在季诚楠的身边，长长久久地走下去。

学校外面的奶茶店被即将分离去往四处的人占据着，简桦跟着舒其琛，走走停停站在了余秋浣的店门口。

在这条最繁华的街道上，种满了一排排的梧桐树，简桦过来帮忙的时候，喜欢搭张椅子坐在门口，看着新生的梧桐叶，惬意一下午。

"去这里吧，这家店是我姐姐开的，我经常来的。"说着简桦推开店门。

舒其琛站在门外，看着她费力的动作，伸出手帮她。

门上的风铃响起，余秋浣抬头，看见半靠在舒其琛怀里的简桦，眼含笑意地叫她："今天怎么过来了？"

店里的人不多，简桦往里面看了一圈，除了余秋浣，并不见周晋彦的身影。

自从上一次徐行来过店里之后，简桦再见周晋彦的时候心里有种说不出口的感觉，初见时的莫名熟悉感，再到知晓他跟徐行之间的纠葛，她觉得那个高高瘦瘦的大男生不仅往徐行的身上扎了一针，也把她对他的好感给消磨没了。

"啊，今天放学早，我跟同学一路走着走着就过来了。"她说话的时候还特意往吧台里望了望，直到确定周晋彦真的不在。

余秋浣伸手接过她的书包，明了她四处探看的意味："阿彦今天不在店里。"

简桦像是被抓住了尾巴一样，连忙矢口否认："我又不是来找他的。"

说话的时候有些结巴，余秋浣转头看向她身后的人："你给我介绍介绍啊。"

舒其琛对余秋浣报以微笑，自己先开了口："你好，我是简桦的学长，舒其琛。"

简桦注意到余秋浣盯着舒其琛的眼神，生怕她误会些什么，连忙解释："之前他帮我忙来着，想说他就要毕业离开了，所以今天请他喝奶茶来的。"

说者无心听者有意，余秋浣的笑意藏不住："哈，我们简桦没少给你添麻烦吧？你们先坐啊，我去准备喝的。"

说着就把简桦往舒其琛那边推去，简桦脑袋一热："姐，你瞎想什么呢！"

舒其琛一直是个彬彬有礼的人，这是大多与他接触后的人共同给予的评价。

就像现在一样，面对简桦的窘迫，他像个绅士一样礼貌地对余秋浣开口："不好意思你应该误会了，我跟简桦不是那种关系。"

可是余秋浣却装作听不懂的样子："没有啊，我没误会什么，我没说你们是情侣关系，没有没有。"

简桦觉得像是五雷轰顶，如果这话被季诚楠听见了，她应该不会有好果子吃的。

简桦推搡着余秋浣离开，继而走到靠窗的位置坐下，舒其琛跟在她身后，嘴角带笑。

"你不用搭理我姐姐的，她总喜欢拿我开玩笑。"简桦把玩着桌上的小盆栽，新长出来的叶子带着嫩黄色，简桦看着心里喜欢极了。

"不会，你姐姐蛮可爱的。"对面的人回应着，"跟你一样。"

一句话噎得简桦不知道该怎么回话，她看着舒其琛，心里有些慌张。

"嗯，你还挺会开玩笑的。"简桦把桌上的盆栽挪到一边，有些心不在焉。

旁边桌的孩子咿呀学语，年轻的妈妈将杯子里的水小心晾凉倒进奶瓶里，孩子的眼睛看向她。她觉得欢喜，忍不住对小孩做着鬼脸。

"简桦，你真的挺可爱的。"舒其琛再次响起的声音把简桦的目光拉了回来。

"都挺可爱的，你也很可爱。"尴尬的情绪起来，简桦觉得眼前这个人说的每句话都带着不可揣量的意味。

她很少跟异性接触，从小到大，九叔陪伴她走过一段艰难的岁月，后来遇见季诚楠，她像一个正常女孩子一样成长，这中间除了周深，她就真的再没有跟别的异性接触过了。

所以面对舒其琛对她的夸奖，她并不知道该做出怎样的回应。

"简桦，你跟别的女孩子不一样。"舒其琛看出她的困惑，想要跟她多说说话，多了解了解她。

"有什么不一样？"她有些不解。

舒其琛支起手："挺特别的，让人挪不开眼睛。"

他记得第一次看见简桦的时候，她因为柳琉咄咄逼人的话语气红了脸，后来被同行的女生留在小卖部的门口。站在他身边的人一脸慌张，还小声嘀咕着回去的女生会不会出什么事。第二次碰见她的时候，她四处张望着，像是在找人，问她话的时候她没有听见，后来又小心地跟他道歉。

他承认他是出于捉弄，故意让她后来特意去找他登记，可是等她真的来的时候，他又觉得自己像是做错了什么事，看着她的眼睛带着歉意。

世界上有一种相遇，就像是被特意安排的，就像他的父母亲，隔着山与海依然能在茫茫人海中找见彼此。舒其琛在无数次的无意与特意跟简桦遇见时，就有这样的感觉。

"嗯，每个人都很特别，生来就是为了要完成人生这段旅程的。"简桦听出舒其琛话里的意思，小心地回避着。

可是对面的人却被她欲盖弥彰的愚笨给逗乐："简桦，你真的没有听出我的意思吗？"

店门被人推开，简桦听见曾经听了无数次的风铃声，旁边桌的小孩将奶瓶抓在手里，因为手掌太小，他妈妈特意托着底部。

简桦看着周围的一切，心一下子沉到了谷底。

不等她回答，舒其琛自顾自地又说了下去。

"我喜欢你，是男生对女生的那种喜欢。"他修长的手指点在桌面上，一声又一声，"现在，听出来了吗？"

男生对女生的喜欢，简桦心里默念着，从字面上的意思来说，就是她对季诚楠的那种喜欢。

可是，她突然不明白，为什么这个世界上，会有一种感情叫作爱情呢？

她沉默着，一时间不知道该如何回复舒其琛。

余秋浣婚礼的前期，简桦突然问沉浸在幸福里的人，为什么女人总喜欢把自己的一生当作赌注一样，一股脑地把所有的家当全部都押在一个男人身上呢？

余秋浣将礼盒里的喜糖装好，正视着她："简桦，你知道吗？以前我也不明白为什么上帝造人的时候非要分清男人和女人，一样是独立存在于这个世界上的个体，为什么就一定要相互作为彼此的依靠，然后冠冕堂皇地说着什么相互扶持着走完这一生的鬼话。"

简桦默不作声，是的，她也不明白。

"可是等我真的碰见这样一个人，他知道我所有的喜好，他小心将我护在他的身侧，餐桌上特意避开我不能吃的食物，在我生病一个人挂着号打完点滴他却责备我为什么不跟他说的时候，我觉得我那些所谓的一个人也能走完这一生的想法才是最可笑的。

"我不图他富有，不图他样貌出众，我只是想在我这贫瘠的一生里，他完完整整地出现过。把我从困锁我囚禁我的地牢里拉出来，告诉我其实我也可以有个能够依靠的地方，让我不用面对孤独时一个人手足无措慌乱不已。

"简桦，爱情是没有那么伟大，可是没有爱情，我不能真正地面对自己心里缺失掉的那一部分，是困在水里的鱼，是想要栖息于陆地上的鸟，是明明不想落地生根却被强迫着长出枝丫的树。"

……

看着现在的余秋浣穿梭在店里的幸福身影，简桦心里有些波动。

眼前的这个女人正享受着她曾经嗤之以鼻的爱情，有时候简桦觉得，自己唯一一次亲眼看见的所谓的爱情，就是在她身上。

她回头看着舒其琛："可是我不喜欢你。抱歉。"

在简桦此后的人生里，她看过自己身上，也看过别人身上被爱情包裹住的模样，就连在很多年以后，她也在舒其琛的身上见过。

所以，她拒绝甚至是抗拒面前这个男生突然向她表明的心意。

"没关系。"他永远是绅士般地礼貌对待周遭的人。

这句话在后来的好几年里，简桦听过无数次。

可是每一次，都让简桦觉得自己是个罪人。

"你能让我知道我的这份感情能不能有个结果，我就已经很知足了。"

起身的时候，简桦很想拉住他的手，告诉他，其实你是一个很优秀的男生，无关你的家世容貌，是作为一个男生，你能很豁然地面对所有的失败。

如果，我有那个荣幸成为你人生中的第一个失败。

可是简桦的理智却告诉她，不可以，不可以因为你一时的不忍，带给他更多的幻想。

"没想到你已经能够成熟地面对这些事了啊。"店里的人少了很多，余秋浣难能清闲地坐下来跟简桦聊着天。

男生离开的时候，她看见他眼里的红色，猜想到了简桦的态度。

"姐，你们都太喜欢把我当孩子看了。"有些时候连简桦自己也不明白，为什么在人的成长过程中，那些年长的人，总是以自己走过的相较更长的路来嗤笑他们明明同样很用力坚持向前的征途。

这条路，谁都会走过，平坦的、崎岖的。

有人成长于温室，有人生于苦难，早或晚，都会面临藏匿于半途中的波折。

对简桦来说，她是后者。

她从记事开始，每天都跪在人头攒动的大街上，有人向她投来同情，也有人对她嫌恶，手里拿着的铁皮碗里，一天比一天轻，她能吃上的饭也一天比一天少。

她太早经历了别人或许一生都经历不了的东西，心智早已经被九叔教化成了不同于同龄人的成熟。

可是现在这些护她安稳的人，却还总是拿她当孩子看。

在这个世界上，最让人哑口无言的就是明明用尽全力想要保护对方的两个人，终于有一天针锋相对，抓着对方的软肋用最激烈最刺耳的言语相互伤害着。

第五章
针锋相对

【1】

第二年春天结束的时候，季诚楠特意将书房腾了出来，说是用来给简桦专心复习。

再过一个月她就要高考了。

课程一天比一天紧，简桦每天晚上复习到两三点。

一次贫血晕倒后，季诚楠再也不许她熬夜。

季诚楠特意将书房里的灯换成护眼台灯，嘱咐她不要太伤眼睛。

"你不用太强迫自己，考不考上不重要。"他轻声地对还在订正考卷的简桦说。

"好。"简桦没有抬头看他。

从她说出对季诚楠的心意后，这个男人对她越来越放纵。

有一次月考失利，她把自己关在房间里不肯吃饭。

季诚楠听见她半夜起来翻书的声音，打开房间门的时候发现她正伏在书桌上低声抽泣。

他绕到她的身后，双手圈住她。

"不用这么累的，简桦，我能养你的。"明明是安抚她的话，简桦听着却抑制不住脸上的燥热。

抬起头看他时，气息迎面而来。

在季诚楠离开的半年里，他没有一天不想这个女孩。

她曾经像一只小小的猛兽，挥着没有长出锋利指甲的幼爪，拒绝周遭所有的关心。

就连周深也说，她心里的猛兽很难被驯服。

可是看着她一天一天变化，看着她会笑，会接受他的善意，会自己打开禁锢她的牢笼，他觉得自己做的一切都是值得的。

是他亲手将他喜爱的这个女孩从无底的深渊里拉出来的，是他一点一点扫走她心里的阴霾让她成长为现在这个样子的。

"季诚楠。"她推开圈着她的柔软的男人，抹掉脸上的泪迹。

"嗯？"浓浓的鼻音响起，简桦的脸又红了些。

每次他只要发出这样的声音，简桦都忍不住想要靠近他。

"你这样我会学不进去的。"她明明是责怪的声音，可是那语气听来却分明是为了掩盖她害羞的情绪。

季诚楠将桌上的书合上："嗯。"

简桦有些气，他简单的一个"嗯"字把她心里满满的情绪刺破，她像只斗败的病猫，而他却一脸轻松得意。

手里的笔写写停停，站在旁边的人的影子将书桌笼罩了一片，简桦写完最后一个字的时候呼出一口气："你还不睡吗？"

季诚楠拿过她的卷子，手指摩挲着卷边，他很久没有修剪的指甲划响出声音："等你。"

刹那间，简桦听见隔壁楼吵闹的声音，谁家两口子又在争吵着柴米油盐的生活琐事。楼下街道时好时坏的路灯亮了起来，她将凌乱的桌面整理好，在抽屉里翻找着东西。

碰撞的声音让季诚楠把目光又放在了她的身上，看着她手脚笨拙的样子，他叠好卷子伸出手想要拉住她还在翻找东西的手。

可是一个反手却先被简桦抓住。

在警校的时候他常年握枪，虎口处有厚厚的茧，简桦刚好抓住那块地方："你看你老是说我，自己却也不注意收拾自己。"

说着，季诚楠听见"啪"的一声，简桦歪着头小心地修剪着他长长的指甲。

"其实我还没有想好，以后能做什么。季诚楠，我不想成为你身边的累赘。"

她突然开口，有些时候连她自己也不明白，她这样一个身份的人，能做什么呢？

她没有姣好的面容，没有显赫的家世，连户口都是落在季诚楠名下，在成长快要结束，开始自我修正过往的时候，她心里的疑惑越来越深，她到底能做什么呢？

她小心翼翼地从季诚楠那里得来一份爱，她太怕失去了所以珍重地藏在心里，不愿意跟人分享。

有时候徐行问起她满面春风的原因时，她总以备考信心十足作为搪塞的理由。

她不想跟任何一个人分享她如何得来这份爱，在这份爱里她又是怎样被保护被溺爱的角色。她永远记得当年九叔谈起妻子的时候，从满脸爱意到失望落空的表情，她细细地想，爱这回事儿，如果不是自己，谁也无法体会。既然无法体会，又何必与他人谈及，不管艳羡还是同情，她都不需要。

手覆上她的脸颊，简桦感受到手上微微的力气想要让她与之平视，她抬起头，眼里全是茫然失措。

季诚楠，你教教我吧。我该做些什么？怎么做，才能在日后提起觉着不负今日？

不负你。

"简桦。"修剪好的手指在她的脸颊上轻轻抚着，"你不要做什么，待在我的身边就好，别的我不能替你做决定，至少我能护你周全，安稳一生。"

这些话像是一个承诺一样，在季诚楠将她带回家的第一天，他便履行着。

而在简桦的心里，这俨然就是信徒信奉一生的圣洁，她将这句话仔细打包好放在心里的最深处，放在连她自己也找不见但她只要想着就能摸着的地方。

"季诚楠，你这样会把我变成无骨动物的，我会舍不得去往任何没有你的地方的。"她轻声嘟囔着。

"那就不要走，或者你就不要有想要离开我的想法。"

起身出门的时候，季诚楠留下这句话。

在他的心里他一点也不想这个"小蘑菇头"长大，他希望她一直是第一次见面时候的模样，能在人群中一把抓住他，像是抓住唯一的救命稻草，恳求着他带她去医院见九叔。

那是他第一次被她需要，在这不知还有多少年的以后，他虔诚地祈求神明，他还是一如当初同样被她需要，无论生死。

跟徐行对完最后一道题答案的时候，教室里只剩下她们两个人。

收拾东西的时候，有巡逻的老师催促她们快点离开，徐行赌气地把桌子踢得砰砰响："急什么啊！好歹我也给学校交了不少钱，现在就要赶着我们走了啊！"

说完觉得不解气，路过讲台的时候故意把桌上的粉笔盒打翻，洒出的粉末把简桦呛得不轻，她摆摆手，放下书包把洒落出来的粉笔又装回去。

"不知道你在气什么？大小姐，现在已经十点了，人家也要下班回家。"

"我……"

被简桦的话噎住，徐行不作声。

"简桦，你想好志愿了吗？"粉笔摩擦黑板的声音。

黑板上是班上女生留的字：青春不散，仍是少年。

梧城高温，还有一周就是高考，学校为了让高考生能够专心复习，在连着给教育厅申请好几次后，放假的通知终于出来。

这是在学校的最后一天，简桦看着黑板上留满的名字，心里也不禁唏嘘。

前两天舒其琛特意打电话问她复习得怎么样，隔着电话简桦听见有人在话筒边偷笑的声音，他好像在操场上，她还能听清加油助威的声音。

"挺好的，我觉得我能上清华呢。"她吸着冰凉的可乐，一口下肚觉得心情大好。

"嗯，有信心就好，加油。"有人在催促着他快些上场，简桦能想象到电话那边他满头大汗的样子。

"嗯，你也加油。"她费力地捞起冰块送进嘴里，"篮球赛。"

哨声响起，简桦觉得刺耳，把手机拿开，离着耳朵好远，没有听见舒其琛的话便挂断了。

"嗯，我就留这儿。"拍掉手上的灰，简桦拿起桌上的书包，回过身看见徐行不动，"你呢？"

没有回应，徐行回到座位边，站了好久也不作声，眼睛定定地看着课桌上摞得好高的课本。

教室里大多的位置上都还摞着三年下来累积的书，因为提前放假，他们这一届的考生并不能像以前的学长学姐们那样，还能好好做个告别。简桦记得舒其琛在高考前夕送来笔记的时候，走廊里都是他们撕碎的考卷和四分五裂的课本。

黑板上的时钟走向了十点一刻，简桦望了望走道上的灯，想着季诚楠可能等急了："走啦，你还要把书搬回去啊？"

接到放假通知的时候，徐行就跟简桦商量好，谁也不要像那些傻子似的还特意把这三年的劳累带回家继续折磨她们一周，收拾几张常考题型的卷子就行了。

可是现在徐行却在那摞书前迈不开脚步。

"啪"的一声，简桦看见徐行把桌面的书山推翻，地面扬起厚厚的灰尘。

"你疯了啊？"简桦轻呼一声，有些不明白地问。

没人回答她，徐行自顾自地翻找着东西，简桦走过去的时候发现她掉落在地的水珠子。

"徐行。"简桦拉住她。

徐行抽回手不理她。

"你干吗呀？"简桦突然觉得徐行不可理喻。

在她们相识的几年里，外人对形影不离的两人用得最多的四个字就是：一动一静。

徐行张牙舞爪不惧往来，像极了遥想几万年前的孙猴子，而简桦，怯怯懦懦的跟挑担牵马的沙悟净一般无二。

也就是在这几年里，徐行恨极了简桦的怯懦，同样简桦也愈发受不了徐行有些时候突如其来的举动。

就好像现在一样——

她像个拾荒者一样，拖着破烂的、装着她自以为价值连城的宝贝的口袋，翻动着城市里大街小巷所有的垃圾桶。

简桦突然被自己的想法吓到，可是再看看徐行停不下来的动作，又觉得自己根本没有设想错。

"徐行，你到底要干吗？！"简桦时常被徐行莫名其妙的举动气得说不出话，可是她一次也不忘跟徐行站在同一条战线上。

气急了，简桦扔下自己的书包，走到已经被徐行翻得乱七八糟的书堆前。

简桦觉得自己越来越不懂徐行了，这是一种很强烈的无力感。

无力到什么地步呢？

就是你很小心地伸出手跟人示好的时候，你期待的是他一样能伸出手，微笑点头，彬彬有礼，让你觉得他是一个好人，至少，在出于家教的肤浅层面上。

可是，他突然抓紧你的手，把你推向了你身后的悬崖。你还没来得及看清对方变化的脸，就已经背脊发凉。

她觉得徐行现在不作声的态度，就是那双把她推落悬崖的手。

简桦不说话，坐在凳子上看着徐行发疯一样的举动，直到她站起来。

她手上拿着一张已经褶皱得显得破烂的纸张，简桦从下往上看去，依稀还能辨认出背后的字。

——你为什么不喜欢我呢？

——你背得出元素表吗？

有些时候你不能不承认，我们一直在逃避自己、未来，还有内心。

有些时候你也不能否认，我们最放不下的，就是藏在心底的最虔诚的自己。

周晋彦。

简桦现在的脑子里除了财政对中国的发展作用、除了三角函数的解析方法，还能在某一个角落里找出一个叫作周晋彦的名字。

三个字，承载着她莫名的情愫和徐行死不承认的感情。

"走吧。"徐行踢开地面上杂乱的书，"我没有病。"

简桦想要开口，可是她觉得她的反驳没有意义了。

有什么意义呢？她确实是生了一场大病，她非要把自己弄得像个癌症晚期的患者一样嘴里说着"别救我了，反正我也要死了，我不想对不起国家，在这个时候还死赖着医疗器材"的胡话，可是心里却巴不得医生把大把大把的药往她嘴里送。

季诚楠在车里等得不耐烦，可是保安室的大爷死活不让他进门。

学校为了让高三学生安心复习，严令要求学生不可以带手机进教室。

季诚楠平复情绪之后从包里掏出最后一根烟，打火的时候感觉到有人在靠近他。

"不好意思，能借个火吗？"男生礼貌地问他。

夏天的夜里蝉鸣声很大，从远处看过来，两个身形差不多的男人站在车前吞云吐雾。

"你是警察吧？"男生踩灭烟蒂，周围没有人，声音显得特别突兀。

季诚楠不惊反笑，看着缓缓走出校门口的人，轻松了很多："怎么？想跟我去局里走一走？"

听出来开玩笑的意味，男生也放松了不少："你们局里饭不错，我吃过。"

"简桦，这里。"车停在马路对面，隔着马路的四人，互相望着，都不说话。

气氛瞬间低落了下来，季诚楠看着对面的两人迟迟不动，本来靠在车窗上的身子站起，准备过去。

可是没想到，旁边的人先他一步。

夜里的车很少，很宽的马路男生只用了不到一秒的时间便冲了过去。

他停在简桦的面前，季诚楠望过去的时候，只能看见男生和徐行两个人。

"我送你回去。"男生开口的时候伸出的手被徐行躲过，简桦站在一旁，心里想着季诚楠怎么就走得这么慢呢？

"行行。"男生几乎恳求的声音回荡在街道上，保安室里的大爷探出头来，探索的目光在季诚楠和男生的身上来来回回看了好久。

等男生再次伸出手的时候，大爷终于忍不住了："干吗呢？！你们找谁啊？"

然后打开手电筒直直照了过来，刚好落在季诚楠的身上。

"接孩子。"季诚楠拿过简桦的书包，把她拉到身边，就准备要走。

大爷更加坐不住，打开保安室的门，简桦急急摆手："大爷，我叔叔，亲叔叔，有户口的。"

说完腰上被季诚楠狠狠掐了一把。

"你们俩呢？你也是她叔叔啊？"得到简桦的确定，大爷把手电筒转移到了男生的身上，简桦心里哑然，要不要帮忙解释呢？

还没等她在心里劝服自己帮忙，徐行就先开了口："大爷，报警，他要绑架我！"

季诚楠的眼里显现不可思议的神情。

简桦却张大了嘴巴，徐行的心可真狠啊！

"徐行。"

"行行。"

"嘿！小子！"

同时响起的声音让场面更加尴尬了，简桦松开季诚楠拉着她的手，想过去帮忙解释却又被季诚楠拉了回来："别多事。"

"嘿，什么世道，绑架都明目张胆到校门口了啊？"大爷转身就要回保安室报警，徐行看着男生一脸怒气。

"你来干什么？你有病啊？"没有解释，徐行转身就要走，大爷一步三回头，看着徐行心想，胆子就是要大，别畏畏缩缩的，大爷这就帮你报警啊！

男生虽然抿紧了嘴唇一句话不说，但视线却越过简桦紧跟着徐行，简桦突然觉得徐行有些过分了。

再怎样也不能说绑架啊。

"周晋彦，你回去吧。"徐行走远的背影消失在路灯下，男生想要追上去，简桦却拦下了他："你就不能等等吗？"

"等高考结束不行吗？你一定要挑这个时候？她放弃你的时候也不见耽误你什么，你现在要来耽误她吗？"

简桦本来是想劝着周晋彦的，可是不知道为什么，她说出口的话越来越想要保护徐行了。

徐行，你看看现在的我啊，明明恼你恼得要死，明明觉得是你的不对，可是我还是忍不住帮你说话。

你一定要好好谢我啊。

拐过两个路口后，季诚楠才在街边的花坛边找着徐行。

他大概猜到了一些，所以自然地把车停在路边，简桦满脸感激地看着他然后下了车。

"你怎么老是哭啊？"简桦在徐行身边坐下，心里止不住地叹气。

你是天不怕地不怕的徐行啊，你不是无坚不摧吗？你就不要哭啊，你再哭，我也要受不了了。

"徐行。"简桦搭在徐行肩上的手跟着她一起发抖，"你不要哭了嘛。"

车里的季诚楠看着两个抱在一起的女孩，心里一下子软了下来。

他曾经保护的姑娘也可以保护别人了，她不再是那个只是苦苦恳求别人的人了，她也会支起身体圈住别人避开苦难了。

"真没出息。"徐行直起身子，抓着简桦搭在她肩上的手。

"简桦，你说我怎么这么没出息啊？"她又问。

简桦给不了她答案，她比徐行大了一岁，可是一直都是徐行站在她的身前保护她。

有时候简桦也为自己怯懦的性格懊恼不已，可是她身边的这些人，一个一个都把她保护在划好的圈子里，她也想为朋友出出头，可是徐行永远先她一步。

这一次，她终于能先徐行一步替她打败欺负她的人，可是她因为逃跑没有看见自己的英勇。

"你怎么没出息了,一直都是你在帮我回击那些欺负我的人呢。"泪眼婆娑,她看不清眼前的人哭成了什么样子,但是她还能清楚地想到季诚楠就坐在离这儿不远的车里,只要他望过来,就能看见她们两个狼狈的样子。

想到这里,她把徐行搂得更紧了。

她知道,以徐行的性格,不想被人发现她软弱的时候。

这些年,你总是像个勇士,假装刀枪不入,那现在我做你的盔甲吧。

"你要这么躲他躲到什么时候啊?总得说清楚了吧?他确实是来找你的,可是你这样躲着他,我觉得对你们俩谁也没个交代,你说对不对?总得说清楚,总要说清楚的。"

简桦觉得自己说得语重心长的,她第一次觉得原来安慰人是一件劳心劳力的事情,就像现在这样,她以为她能劝着徐行,可是谁也没想到,徐行站起身子,头也不回地离开。

"你放屁。简桦,你不是我,不要用你那一套来理清我。"

……

【2】

简桦设想过无数次高考到底是什么模样的,可是不管是成功的、失败的、欣喜的、沮丧的,也没有想过用"无聊"这样完全没有任何情感的词汇来形容这场在无数人心中俨然如洪水猛兽的灾难。

她提前了一个小时做完所有的题目，看着教室里还在挥笔的陌生面孔，他们是跟她一样的"灾难经历者"。

监考老师来回走动，路过简桦的时候特意敲了敲她的桌子，示意她专心一点儿。

简桦却味味地笑了起来，如果是徐行的话，她才不会管这是不是决定人生的岔路口，直接跟监考老师吵起来了吧。

想到徐行，她们从那天晚上之后，就再也没有见过面了。简桦给她发了好几条信息，可是都没有收到回复。

简桦没有心思再检查题目了，她几乎瘫坐在座位上，看着左前方的男生突然想起了舒其琛。

相似的眉眼让简桦差点误以为舒其琛真的跟她坐在同一间考场里，她的手不自觉地叩着桌面，发出的声音引起了监考老师的注意，在收到警告的眼神后，她转过脸。

出考场的时候，简桦走在蜂拥而出的人群里，脚下突然没了力气。

她突然想起那一年九叔站在贴满小广告的公共电话亭前，告诉她一定要念书。

那时候她只能简单地从一数到九，现在她和其他高考生一样走出考场，觉得这几年，更像是在做梦。

那些背书背到半夜、做题做到发狂、帮徐行订正卷子的日子像幻灯片似的——从她的脑海里过了一遍，她像是站在街边看完了一场电影。

她是这场电影的主演，但是却没有人为她喝彩，她脚下踩过的每一步都是虚幻的，她心底突然响起一个声音。

这是做梦吧，季诚楠、徐行、余秋浣，还有周深，这些年她身边的这些人都是幻影吧？

可是怎么还不醒，怎么我一点也不想醒？

她大脑一片空白，顺着人群一路走到校门口，突然在人群中发现了徐行的身影。

她们隔着好远的距离，可是她却能清楚地看见徐行脸上的疲倦。

不管了，才不管是不是做梦，那边是她的朋友，是她这些年唯一的朋友，她们前几天莫名其妙地吵了一架，不对，是徐行单方面地向她发脾气。可是那又有什么关系呢？她们依然是朋友，是最好最好的朋友。

简桦往徐行的方向走过去，她心里想着要怎么打招呼。

——嘿！考得怎么样？

——你怎么都不回我消息啊？

——徐行，你可真狠心，这么重要的日子都不愿意跟我说说话。

可是还没等她把这些话说出口，徐行就被人拉扯住，不对，是那个人锲而不舍地一直跟在她身后。

就像她现在一样，紧紧跟着徐行的脚步。

简桦听见徐行骤然而起的声音，声嘶力竭："周晋彦，我求你了，你放过我好不好，算我求你了，求求你了。"

那样卑微祈求的声音，简桦再熟悉不过了。

她用这样的语气求过季诚楠、求过围站在九叔病床前的医生护士，她以为只有她这样的人才能发出那样的声音。

是悲怜的，是没有希望的，是站在最低端，没有任何希望的恳求。

她怎样也想不到，她再一次听见这样的声音，是徐行发出的。

简桦再也忍不住，冲向还在拉扯的两个人。

她也不知道她哪里来的力气，甩开周晋彦的手，把徐行护在身后："你到底要怎样？"

徐行抽泣的声音越来越大，简桦不敢回头，她害怕看见徐行全是泪水的脸。那根本就不像她，她一直元气满满的模样，她一直是打不倒的，英勇无畏的。

因为面前这个满脸慌张的男生，她变得越来越不像原来的徐行。

人到底为什么会改变呢？

是再也追不回以前的东西的时候，还是因为明明就知道不是自己的却仍要被强迫接受的时候呢？

在那一瞬间，简桦觉得，徐行就是这样被改变的。

"简桦，你让我跟她说，我自己跟她说。"周晋彦手足无措地站在她们面前。

简桦觉得，如果要用一个人的面相来断定一个人的身份，那周晋彦俨然不像一个名牌大学毕业的学生。

在她的认知里，有学识的人大概是像舒其琛那样的人，谦卑有礼，落落大方。

小家子气——周晋彦现在的样子，简桦翻遍了脑子里能够搜索到的所有词汇，觉得只有这四个字能衬得上他了。

"我不想跟你说话，周晋彦，你就放过我吧，我做错了，你就放过我吧，我求你了，求求你爸也放过我们家吧，我保证我不会再缠着你了。你能不能发发善心，放过我啊。"

徐行哭得上气不接下气，说出的话也断断续续，可是简桦却听得明白。

家族版的爱恨情仇？

简桦的脑海突然闪现出无数个设想，可是不管怎么想也不能把两个家庭之间的纠葛理清楚。

"你听我说，行行，我在想办法，你不要哭，别哭。"周晋彦伸出手想拉住徐行。

可是徐行却先一步闪躲到简桦的背后，简桦看着徐行畏缩的样子，心里疼得不是滋味儿。

"你能有什么办法？你能怎么样呢周晋彦，我爸现在在等一审的结果，你能保证他没事吗？你能吗？我已经尽量躲着你了，你爸还要我怎么样啊，到底要我怎么样啊？！"

说到最后，徐行哭得跪坐在地上，她什么都不管了，她连自尊都不要了。

　　不顾马路对面满是等待孩子喜讯的父母们，不管他们是好是坏的消息，徐行在投过来的目光中号啕大哭。

　　简桦和周晋彦手足无措。

　　这一生，在他们经历了所有的犹如山崩海啸的噩耗后，再次想起这一天时，仍然忘不了徐行坐在地上发出的歇斯底里的哭喊声。

　　简桦感觉到胸口猛烈地震动，她慌乱地蹲坐在徐行身边，圈住的手紧了紧，抬头看着周晋彦："你想要她死吗？你是要她现在死在你面前吗？"

　　她低头看着哭得喘不过气的徐行，忽地把装着零散文具的书包扔向周晋彦——

　　"滚啊！"

　　徐行，你别怕啊，有我呢，我能保护你的。

　　季诚楠回家的时候，本来准备替简桦好好庆祝，可是扭开门锁的时候，听见交织在一起的两道哭声，瞬间沉了脸。

　　客厅里没有人，隔着房门，季诚楠轻声叩了叩，没有应答。

　　一直到夜里，简桦因为饿得受不了，打开厨房的灯时，发现季诚楠还坐在客厅。

　　"你怎么还没睡啊？"哭得沙哑的声音，连简桦自己也吓了一跳，可是看着季诚楠沉如死水的眼睛，她突然又觉得委屈。

季诚楠心里波涛翻涌，他的小小姑娘，怎么又哭红了眼睛？

他不说话，一把扯过简桦让她坐在他的身上。

"徐行？"他问得简洁，可是简桦听得明白，他肯定都听到了。

可是她突然很感谢他，他从回家后的不作声，保护了两个女孩的小小自尊。

她伸出手搂紧季诚楠，他身上的味道很好闻，让她觉得安心踏实。

有时候简桦觉得如果哪一天，她跟季诚楠分开了，她最舍不得的就是他身上的味道了吧。对她来说，那就是安眠药一样的存在，不管她经历着什么，欣喜或者苦难，都能扫走那些虚无的东西，给她更实实在在的感受。

"饿了。"她委屈地说。

中午因为班上的同学一直拉着她对上午考试的答案，她没来得及吃饭，考完最后一场便碰见了徐行，好不容易把徐行带回了家，两个人一直抱着哭得停不下来。

她现在饿得已经能吞下一头大象了。

季诚楠把她从身上拉起来，无奈地笑出声："看着挺机灵的，连饭也不知道吃。"

说着便往厨房走去。

简桦不愿意松开他的手，双手环着他的腰跟在身后，两人走起路来摇摇晃晃的，简桦被逗笑。

"简桦。"他一直这样叫她，成熟男人的声音总带着低沉，可是简桦特别喜欢听。

不管是他生气的时候对她的无奈的呵斥，还是这样满带宠溺的声音，她都喜欢在心里默默跟着念上一声。

"啊？"简桦对上他扭头看过来的目光，她能看见他瞳仁里小小的自己。

"以后不要哭了。"他往沸腾的水里放入速冻水饺，简桦跟着他的动作手臂扯得老长。

就像是彼此之间的又一个承诺一样，简桦轻轻点头，靠着他背上的头蹭了蹭，季诚楠心里痒痒的。

"你的哭声真的很难听啊。"看着季诚楠搅动着锅里一个一个滚动的水饺，简桦自己也笑出了声。

……

房间里的人睡眠很浅，徐行从简桦起身的时候便醒了。

虚眸的眼睛看着简桦打开房间的门，听见门外轻微的谈话声，那一瞬间，她觉得她的世界里只有她自己一个人了。

没有人跟她一起奋战了，她要孤身砌好这个倒塌了的世界，她要独自一个人捡起瓦砖，修补那里的裂缝。

真辛苦啊！睡一觉也好不了了。

连着几天，徐行一直待在简桦的房间里。除了上厕所和洗漱，她都不愿意出门，简桦拿她没有办法，只好任由她肆意糟蹋自己的房间。

　　高考分数线出来的晚上，简桦急着让季诚楠帮她登录查分，考完后她就自己照着网上的答案算了自己的分数，超了录取分数线好几十分，她心里有底却擂鼓喧天，万一有差呢？

　　徐行听着简桦嘟囔个不停，烦得一个枕头扔过去刚好砸中打开的网页，一下子黑屏，简桦气得想杀了徐行。

　　"嗯，高出分数线很多。"季诚楠在仔细核对信息后，敲开简桦的房门。

　　他看见的是简桦顶着凌乱的头发，张牙舞爪地跟徐行对着招。

　　"哼！你最了不起了！"徐行奋力掀开压在她身上的简桦，扒拉着被简桦弄乱的头发，看着门外的季诚楠，谄媚地开口："季叔叔，你能不能也帮我查一查呢？虽然我没有简桦那么高的分数，但是我也想知道自己死成了什么样子。你不用告诉我，我是说不用亲口说，表情，用表情示意我就好了。"

　　说完，双手合十跪坐在床上，朝着门外跪拜。

　　季诚楠瞥了她一眼，看着简桦的眼睛里笑意泛起："屋子里潮得像是被海浪席卷过似的。"

　　听出季诚楠在调笑她，徐行一脸愤愤不平："你这房子风水不好才潮的！"

　　吃饭的时候，季诚楠接连接到余秋浣和汪姐的电话，都是来问简桦成绩的。

季诚楠看着闷头吃饭的简桦，心情大好："志愿填好了吗？"

他最开始的时候只想着简桦能不要闷在家里，那个时候她的情况真的是糟糕透了，不爱说话，没有一点那个年纪孩子的玩性。

季诚楠想了很久，与其让她整天整天地闷在家里，不如让她自己去看看外面的世界。他联系相识的朋友，让简桦作为插班生，虽然比起同龄的孩子晚了些时候，可是至少，她能多跟人接触接触。

他怎么也没有想到，他的"小蘑菇头"，能带给他这么大的惊喜。

"嗯，本市。"简桦声音很轻，她不想被季诚楠看穿她的想法，可是这句话说出口，季诚楠却懂了她的意图。

"挺好的。"他笑。

徐行坐在一旁，看着说话的两人，没有人来问我啊，现在这个时候，没人能想起我啊。

可是简桦却捕捉到她的心思："上次你问我，那你呢，你填哪儿？"

简桦看着徐行碗里没动的饭菜，又往她碗里夹了一大筷子菜，落入碗里的时候特意碰着碗沿，发出的声音清脆动听，示意她"你快些吃啊，别耽误我等会儿收碗筷"！

徐行心里突然复杂了起来，她害怕没有人关心她，可是等简桦问出口的时候，她也不清楚，自己要去哪儿呢？

能去哪儿呢？哪儿也不能去，她现在这境地哪儿也不能去。

还没等她心里想个明白，房间里一直振动的声音扰得谁也吃不下饭。

简桦看着神游的徐行，晃晃了她的手："要不接电话吧，你已经几天没回家了，家里得担心了。"

说着就往屋里走，取来徐行的手机。

屏幕上的未接来电显示的是陌生号码，简桦递给她，徐行在简桦和季诚楠双双注视下无奈地接听了电话。

凳子响动的声音刺耳，简桦皱着眉头看着徐行，却看见徐行投向季诚楠的眼神里的无助。

她还没理解是为什么，就听见徐行的声音："季叔叔你帮帮我爸吧，我爸是无辜的，是有人要害他，他没做那些事，他没有……"

电话还没有挂断，简桦听出电话那头女人的哭声，混着徐行的哭声，击得简桦心里不禁打冷战，直觉告诉她——出事儿了。

【3】

简桦陪着徐行等在警局的大厅里，可是没有想到，拿着公文来的人，是言可。

她只见过这个女人一次。

她记得当时主动邀请言可坐在她旁边，却生生挨了季诚楠一脚，现在想来，她真的是多事。

"判决已经下来几天了，家里没人通知你吗？"言可一身警服，剪短的头发看着英姿飒爽。

如果她没有问出这样的话，简桦一定会称赞她真的真的太帅了。

可是这句话，不仅是在徐行的心上重重击打了一拳，连简桦的心，也被她问得沉入谷底。

不知道。

她们两个在高考结束的那个晚上，抱着痛哭流涕了一晚上，说起"灭绝人性"的高考，说起路上拉扯不清的周晋彦，说起以后将要面对的重重人生难关。

但是两个人都对同一件事缄口不言——徐爸爸的一审。

简桦问不出口，她觉得那样太不人道了。她们一起面对了周晋彦的紧紧跟随，她帮徐行呵斥驱赶了不依不饶的周晋彦，这些她能帮忙做的她都做了。她深知这样已经越过徐行的底线了，所以她不再问徐行关于徐爸爸的事了，那俨然是亲手往徐行的心口上再剜一刀啊。

言可看着沉默的两人，觉得果然年纪小就可以活得无忧无虑轻松自在的，连家里出了这么大的事儿也不知道。

她从手中的文件夹里抽出公文，递给徐行的时候嘴里不依不饶："人不是仗着年纪就活得轻松自在的。"

徐行往家里打电话的时候，哭声震耳欲聋，简桦坐在床边，手拍着她的背帮她顺气，可是她哭得停不下来。

"奶奶你不要哭了，是我错了，你不要哭了，你不要急，不要气坏了身子，奶奶我错了。"

电话里传来的哭声带着被岁月灌满的风霜，呜呜的声音更像简桦小时候半夜起身时听见的仓库外的乌鸦声。

"你说你怎么不知道改呢？人家是多大的官儿啊，人家是什么身份啊，你怎么就不知错，非一股脑往人家身上蹿呢？

"你爸让你来我这儿是为了什么你还不清楚吗？我一老太太自己都管不了，还能怎么管着你啊？你爸就是想离得远了也就断了，这事儿就过去了，你怎么还能让他找着呢？

"行行啊，你欠你爸的啊，你这是债啊，你还不清的啊……"

说到最后，老人家在电话那边儿已经哭得出不了声，徐行挂断电话的时候却突然止住了哭声，简桦不说话，抱着徐行的时候感觉到怀里的人不住地颤抖。

"简桦，我真的错了吗？"她突然的平静让简桦愣了神。

是错的吧，可是谁不犯错呢？她也犯过错。

如果当初不是因为她的一句话，九叔也许还活在这个世上吧？就算日子一样清苦，就算没有碰见季诚楠，没有碰见徐行，她也就得过且过地这样过下去吧，至少，九叔还在。

"错了就改，现在已经这样了，能怎么办？"说出口的时候，简桦觉得自己真的不会安慰人。

人最怕的，不是虚假的承诺和遥不可及不敢想象的未来，而是在精神濒临崩溃的时候听到的安慰。那一声一声打着"你要振作起来，未来还很长，还有我陪着你"旗号的所谓的安慰，在心里空无得没有一点希望的人的耳朵里，才是最让人害怕的。

你永远不能保证这些话有朝一日能成真，但是你却为了安抚别人，给了他那么多的希望。

怀里的人久久不说话，简桦扒开徐行脸上被泪水浸湿的头发。

"可是我怎么觉得我没错啊，简桦，我没错。"徐行抹掉脸上残留的泪水，抬起头看着她，眼睛里是熊熊的怒火，还有饱受责怪的委屈。

"他们从来都是为了工作而不考虑我，我跟着他们去了那么多的地方，可是他们根本就不懂我要的是什么。

"这大江南北我哪里没去过，我又待了多久，我跟着他们搬走转学，他们连问我一声愿不愿意的机会都不给我，我觉得我待不待在他们身边都一样，没人管，野孩子，不知道有多少人这样叫我。

"简桦，有些时候我真的觉得自己就是他们行李箱里的一样根本就不占地方的物件儿，要就拿走，不要就丢在那儿。

"可是我也有思想的，我只想安安稳稳地过这一生，他们不能陪我，我就自己找这样的一个人，可是我运气不好啊，非搭上周晋彦这么个人。

"谁能想到一个靠当家教赚外快的人家里却有钱有势？他就不能像电视剧里那些有钱的公子哥儿一样挥金如土吗？非要体贴得像个深情男二号似的。"

徐行碎碎念了一大堆，简桦才算是听出了个大概。

周家在凰城也算是有名望的，家风严谨。在徐行这事儿之前，周晋彦的小叔娶了一个毒贩妻子，在破获的案件里，从各处抓回的犯人名单榜首的周家三儿媳让周家丢尽了颜面，怀孕三个月的女人在入狱前被强迫签下了离婚协议书。周家为此眼睛里再容不得沙子，所以得知在周晋彦跟发小们聚会时，跟在他身后的徐行声称自己是他的正牌女友之后，周家怕再担上幼子诱拐未成年少女的骂名，以徐爸爸仕途为要挟阻止徐行跟周晋彦的往来。

　　真像出连续剧！

　　简桦也不禁感叹，人活在世上，原本想平稳地走完一生，可是谁也料不到，生活会在哪里加点盐添点醋。

　　这个夏天，漫长得让人不禁想念来年的春天。

　　简桦在收到入学通知的时候接到一个喜讯——余秋浣怀孕了！

　　在提着季诚楠买好的大包小包的营养品到余秋浣家的时候，炽热的天气让简桦全身基本被汗湿了。

　　没有太多的客套话，简桦自行开了冰箱取出冰镇饮料，灌了一大口好不容易让她觉得凉快了不少，随后却被余秋浣给吓得不轻。

　　余秋浣一边絮絮叨叨着简桦“不学着聪明点儿，这么热的天儿也不知道打个车”，一边在房间里翻找着不知道被周深放在哪里的空调遥控器时，不小心摔在了地上。

　　客厅里铺着新婚时简桦陪余秋浣去商场挑选的加绒地毯，当时好不容易托人从商场送回来时，周深还一度嫌弃这加厚的地毯在梧城的夏天俨然就是火焰山，却没承想有一天救了他心爱的妻子和还没出世的孩子。

"你看你老是说我，自个儿也不知道小心点儿，要是周叔叔在这儿，可不得把我给杀了！"简桦的手轻轻覆在余秋浣的肚子上。

她觉得有些奇妙，这里面有一个小小的生命在成长，几个月后从母体里出来，这不仅意味着一个新的生命就要降临在这个世界上，同样也意味着一对父母的诞生，她也会被叫作阿姨了。

这个世界永远有新鲜的、令人喜悦的事物存在着，谁家中了福利彩票大奖，谁家孩子中了状元，谁家娶了貌美的媳妇儿，可是这一切，都比不得这万物的源头——一个新的生命。

聊着琐碎的事儿也就过了一下午，简桦不敢劳累余秋浣留她晚上吃饭立刻就要走，出门的时候却猛地想起一件事儿。

"姐。"本来要关上的门又被打开，简桦看着还站在门口的人，"周晋彦家里，非得让徐行不好过吗？"

余秋浣像是早料到简桦会开口，没有太多突然的表情。

可是看着简桦极力想要从她这里探求些什么的样子，心里也不禁叹气。

她一直记得那孩子的。

简桦所在的班级是她初入社会带的第一批孩子，她记得徐行上课的时候总爱东张西望，那时候觉得这个年纪的孩子都是这个天性，反而觉得活泼一点儿是好的。

那时候她也是特意安排两个女孩子坐同桌，她想，如果徐行那好动劲儿也能感染感染简桦就最好了。

可是她没有想到，在她心里太安静、仿佛一潭死水的简桦能安稳地走到现在，那个活泼爱闹的徐行反而走得不顺畅。

就像简桦说的——有人成长于温室，有人生于苦难，早或晚，都会面临藏匿于半途中的波折。

简桦和徐行，一个过早地经历了后者，一个也终于变成了前者。

"周深说，家里老爷子气得很，如果阿彦还待在梧城，徐行爸爸可能真的出不来。"

这是简桦离开时，余秋浣说的最后一句话。

豪门多恩怨，这句话一点儿也不错。

八点档的肥皂剧绝对不是凭空瞎编乱造的，电视始于生活，这句话真得不能再真了。

可是生活还是生活，谁也活不到电视剧里的圆满，坏人终将受到惩罚，好人也终将幸福美满。

而简桦在徐行家楼下取了入学通知书后，上面的地址不禁让简桦眼前发黑。

幸福美满，跟潦草离散一样都是简单的四个字儿，原来它们隔着的只是一个地址啊。

年迈的老人在房间外絮絮叨叨，记性不太好了，一句话能重复念上好几遍，简桦进门时跟徐奶奶打招呼的话语，不知道已经被念起几次了。

简桦看着徐行，气不打一处来。

"怎么？这么快就想当逃兵了？徐行，你心里装的都是石头吧？你爸还在局子里呢，你就想着躲得远远的了是吧？"

看着信封上隔着好几百公里的地址，简桦的大脑已经容不得她思考。

满是刺儿的话说出口，连简桦自己也被吓了一跳，她曾经拼命保护不让任何人伤害的徐行，现在正听着她这些自以为是的炮语连珠。

可是她多想徐行振作起来朝她吼、朝她骂，很大声地跟她说——是啊，我徐行就是个逃兵怎么了？我多没良心啊，我爹还在局子里蹲着，我妈四处求人托关系，我奶奶被我气得犯了老年痴呆，可我却连着我的良心一起打包好准备跑路了？谁能比得上我啊，这天底下还有谁能比得上我啊？！

她却不说话，除了望向简桦的眼神让简桦确定她真的能听见被她封锁在她世界外面的声音，她没有更多的反应了。

简桦环视着这栋老旧的房子，是徐行家所剩下的唯一的家产，她妈妈为了打点关系，变卖了所有的东西，除了这栋登记着徐行名字的房子。

"周晋彦就那么好吗？你就不能当着他爸的面，告诉他断了你们之间所有的联系吗？"

在理清前因后果后，简桦把手里的录取书扔向徐行。

她突然觉得自己的心，跟徐行一样狠啊，她怎么能说出这样的话呢？

那是徐行渴求了整个成长时期的感情，就像她对季诚楠一样，是压抑在心里随着年岁增长的感情。

那怎么能是说断就要断掉，不留一点痕迹的感情呢。

得不到回应，简桦泄气地坐在床边。她想起那一年徐行偷偷打给她的电话，电话里的声音是洋溢着满满的少女情怀，像含苞待放的栀子花，纯白干净。

可是她现在，却像是在那些摘下徐行感情花朵的凶手一旁加油助威的人。

"是啊，他有那么好吗？"床铺挪动的声音，哭肿的眼睛直直地看着简桦，她心里仿佛被重重的雾霾笼罩。

简桦在那一瞬间觉得，完了，那些话收不回来了，她跟徐行之间，有了一条谁都擦不掉的三八线了。

"我以为你能懂我，可是你为什么也跟他们一样总是逼着我认错？我到底做错了什么，你们非要像刽子手一样赶着趟儿地急着杀掉我心里的人。简桦，你不是永远跟我站在一条线上的吗？你不是要像我保护你一样保护我的吗？为什么你像我喜欢周晋彦一样喜欢着季诚楠，你能被喜欢的人宠着疼着，我却要被你们所有人宣告是错的？"

简桦的脑子里一片空白，她自以为藏得严严实实的感情被忽然掀开，她的好朋友质疑着她，她却说不出一句话。

"你瞒着我，你喜欢上养大你的叔叔，是，我没有权利非逼着你告诉我，可是比起你肮脏扭曲的感情我到底错在哪里了？！凭什么所有人都来说我错？凭什么你也要跟他们一样往我心上剜了一刀又一刀呢？！"

在这个世界上，最让人哑口无言的就是明明用尽全力想要保护对方的两个人，终于有一天针锋相对，抓着对方的软肋用最激烈最刺耳的言语相互伤害着。

简桦不记得她是怎么在徐行暴烈的言语下走出那扇门的，她脑子里一直回荡着徐行一针见血的话。

她成功地刺痛了徐行的心，但是她同样也是战败的逃兵。

被珍视的人蹂躏，那种感觉真像是心上被刺了成千上万根针一样。

长大后谁也不像小时候一样了，不是谁错了就一定要道
歉才是和解的方式。

第六章
大学生活

【1】

季诚楠努力地将周深拿来的资料整理成完整的图像，可是他越往后
整理，事件越发清晰，脑袋里越不敢相信。

所有的事情交织在一起形成了一张巨大的渔网，他和他身边的人都
像网中被捕的鱼，奋不顾身地往前冲撞着刀锋一样的渔网，身上流的血
便越来越多，然后汇在一起，分不清谁是谁的。可是有什么关系，他们
本就是交叉在一起的命理，顺着湍急的水流往下游冲去。

这世上，谁都是身不由己。

凰城周家，周国栋有三个儿子，老大周长建高居警所处长一职，老
二周长林仕途风顺是学术界的领袖人物，老三周长志白手起家经商有道。

谁人提起周家老爷子无不艳羡三个儿子的精明才干，可在这满城的闲言闲语里，提起最多的便是周长志的妻子——王慧玟。

听说周家三儿媳人生得虽不艳丽，却是生意上的好手，早年同周长志在生意上打过交道的人都称赞周老三好福气，娶得一个精明强干的女人。可是又有人说，周家三儿媳背着周家在暗地里做着倒卖毒品的买卖，当年缉捕时，周家三儿媳被现场抓获，一名警察负伤。

这些传闻在凰城的大街小巷随处可听，只是传的人多了，是真是假谁也没有细究，权当茶余饭后的谈资了。

周深把这些资料当作不相干的事给了季诚楠，他才不愿多做研究，谁爱说说去，他行得光明磊落还怕这些蠢人笑话。

只是他没有想到，他刻意删减掉的警察负伤的信息，还是被季诚楠翻找到。

季诚楠跟周深同期进局。

在周家，周深从小耳濡目染周家老爷子的条条大道理。他记得小时候因为跟周晋彦吵闹被周老爷子呵斥得最多的就是——行得端坐得正。

他在进入警校的当天，周老爷子特意打来电话告诫他——人要活得清白，身上就不能沾有一丝污秽。

他听着老人家电话里的耳提面命，正要抬手敲门，便撞见刚好从处长室里出来的季诚楠。

听人说他是周长建亲自招进来的同期，因为两人年纪相差无几，周深也常往季诚楠那里走动，一来二去，两人自然熟悉了很多。

可是兜兜转转，命运这渔网，早早就把他们笼罩在了一起。

简桦很久没有联系徐行。

余秋浣因为在家养胎，将店暂时交给朋友打理，季诚楠因为忙着局里的案子时常不在家。

简桦觉得无趣，也常往余秋浣的店里走动。

最后一次见周晋彦的时候，男生萎靡了很多，简桦没有上前打招呼，倒是周晋彦主动过来跟她攀谈。

之前那股陌生的熟悉感在看到男生的倦容时再次袭来，简桦自己也理不清，这中间到底是什么在牵引着他们两个相识。

简桦从来没有这么认真地看清面前的男生，他还是习惯戴着鸭舌帽，帽檐总是压得很低，可是在说话的空当中，简桦总能抓住他身上不同以往的东西。

他跟周深是堂兄弟，两个人在外貌上自然是有些相似的，朱唇皓齿。

可是每每等他抬起头，简桦看着他的眼睛，不住地惊呼，可能这熟悉感是因为他们的眉眼有些相似。

人与人之间，总有一样东西会让彼此牵连不清，容貌、性格、感情。

每一样，都是把两个人在这十几亿人群中相互牵引到一起的缘由。

周晋彦跟她谈起很多，没有意外的，他们两个人的话题里，永远离不开一个人——徐行。

简桦想起当时质问徐行，周晋彦到底有什么好的？

在她的眼里，周晋彦胆小又口是心非，她心里一直认为，如果当初周晋彦能勇敢那么一点点，也许现在的情况就没有这样糟糕了。

可是在岁月的长河，谁能保证所做的每一个决定都是对的呢？连她自己都不能，她又凭什么要求别人一定要做到万无一失呢？

"那你为什么现在又来找她？周晋彦，你不觉得你很自私吗？"简桦听完周晋彦口中跟徐行的相识，到后来的潦草散场，跟徐行说的大相径庭。

那你又为什么来找她呢？你不是先放弃的她吗？

你不知道，她把你送给她的墨水盒放在书包的最底层，明明就是小心翼翼地珍藏着，却在被她不小心打碎后，一脸无所谓地扔掉。

是什么样的绝望让她能面不改色地做完这一切呢？是你啊，是你口口声声不承认和放弃她的态度，让她觉得你们之间真的、真的没有一丁点儿的可能了。

可你现在为什么又要回来找她？

"简桦，你大概不能理解那种从小被人教导不能给家族丢人的成长环境是怎样的。我的爷爷这一生最自豪的就是他的三个儿子，在父辈光辉伟大的成就面前，我没有周深那样明明一脸无所谓的态度却还能让他们引以为豪的能力。"

简桦看着面前的男人，他真的懦弱，在一次次围追徐行的途中，他总能被各种各样的理由吓走。

"在我们家，脑袋聪慧根本算不上什么，最重要的就是服从。服从家规，服从长辈，服从对的，不能有一丝犯错。我容许徐行跟在我的身后，就是犯了错。"

简桦听出了他的意思，狗屁的严谨家风，狗屁的服从，这一家子俨然把自己当成了历史悠久的名门望族，把自己看得高高在上。

"我不想听你的狗屁辩解，周晋彦，你为什么来找她？我只想要这一个答案。"简桦直视着面前的人，心里想帮徐行要一个答案。

她把她爸爸都搭进去了，可这个男人却为自己找足了理由。

店里的人越来越少，简桦等得有些不耐烦。

简桦觉得徐行想得没有错，她从一开始就没有看清两个人的位置，384000 公里，徐行靠着那份感情，就算用光这一辈子，也走不到周晋彦的身边。

"我爱她，是她一直不愿意听的话。"周晋彦终于抬起头，可是面前的人不是他不顾阻拦想要追回的人。

简桦把这句话装进心里，可是却觉得没用，她不是徐行，就算以后转述给徐行，她也不是周晋彦。

"如果这句话你早告诉她，她一定觉得什么都值得。

"可是周晋彦，物价都上涨了，你这份爱已经隔了两年，早就贬值了。"

爱而不得，辗转反侧。

她突然觉得，身边的人，一个个都已夜不能寐。

季诚楠将箱子扣好又打开，动作磨蹭得像个小老头一样，简桦在客厅里等了半天也不见他出来。

"你不要再看了，东西少了我再买就是了嘛，你能不能先出来吃饭啊？季叔叔。"简桦靠在门上敲了敲，看着季诚楠重复的动作心却被撞击得柔软。

后天是报到的日子，虽然简桦就读的大学在梧城，可是离家却隔着两个小时的车程。

季诚楠回过身看着简桦，心里却舍不得。

他一直小心保护着的"小蘑菇头"就要出远门了："肯定家里备着的好一些。"

他说话一向冷清，可是简桦总能从他的话语里找到一些温度。

"又不远，不知道你瞎操什么心，要是没课我还可以回来嘛。"简桦从他手里拿过箱子，怕他又翻来覆去地查看。

季诚楠看着简桦的动作，故意沉着脸："你要回来给我打电话，这么远的路一个人万一出什么事儿怎么办？现在局子里全是失踪人口的案件，我可不想哪天我自己还得去局里备个案。"

手指弹在简桦的额头上，因为吃痛，她呼了出来。

"你当初去安纳西把我一个人放在家里的时候，怎么不见你这么担心我？那可是跨国度呢，现在呢，就跨了一座桥！"简桦愤愤不平地抱怨道，他离开的半年里，她一个人守着这个家，没有温度却还要一再地告诉自己，没事的，他就快回来了，就快回来，简桦你不能小孩子气。

季诚楠听着她的抱怨，却皱起了眉头。

回安纳西的那半年，他没有一天不想她。

最开始的时候，他总是想起她伏在书桌上练字的样子，那本拿给她的字典里，满满是她小心写上去的字。他跟她说女孩子的字娟秀一些给人的印象也好，本来是无意的一句话，却在每天回家的时候看见她在台灯下小小的身影，一笔一画，方方正正。

后来，佳嫣渐渐能跟他简单对话的时候，他又想起被他留在家里的"小蘑菇头"。他看着佳嫣自己穿衣服的时候会想起她，看着佳嫣往他碗里夹菜的时候会想起她，就连夜里辗转反侧也是因为她。

那个小人儿，就这样住进了他的心里，他打电话的时候甚至连听着她说话的声音也能想着她是坐着还是站着，委屈地抱怨的时候嘟起嘴，欣喜的时候眼里泛起的点点星光。

那是他一路看着长大的女孩，是他倍加呵护的女孩啊，他怎么能不将她放在心里呢？

"怎么，不说话啦？我跟你……"他看着简桦孩子气似的抱怨，突然想笑，可是那张张合合的小嘴却让他挪不开目光。

男人的气息覆盖在她的柔软上，她还有好些话没说呢！

浑蛋！你这是犯规啊！

季诚楠不理她的抗议，抓着她的手往自己腰上送。

他爱着这个女孩，是用尽全部的力气也要让她平顺走完这以后的路的爱，就这样吧，白头到老，一瞬间就实现吧。

季诚楠松开怀里的人，她脸上的潮红不散，看着更加诱人："不放心，简桦，想着你要去那么远的地方我就是不放心，我怎么再舍得让你离开我去那么远的地方呢？"

他心里突然想，不念了吧，书就不要念了，就待在我身边，哪儿都不要去。

简桦红着脸："不远不远。"

"啵。"

看着她说话的样子，季诚楠低下头往她的嘴边凑去。

"哎呀！你这是犯规！"

季诚楠笑出声儿，她的样子真好看。

简桦不敢说话了，她怕再说话季诚楠又低下头来。

"没有犯规，简桦，这是你的奖励。"

为什么会有奖励呢？简桦抬起头看他。

他还是当初第一次见面时的模样，岁月都不曾在这个男人脸上留下任何的痕迹。

而她在他的照顾下，已经大变了模样，曾经那个抗拒这个世界的小兽被他驯服成温顺的羊，从瘦瘦小小的模样变成有了女人的模样。

吃完简单的晚餐之后，简桦回到房间将书桌又细致地清理了一番。

这是她最常待的地方，刚来这个家的时候，她总喜欢把自己藏在这个小小的天地里，那是她来这儿之前，想都不敢想的——她也能像同龄孩子一样，有一张属于自己的书桌。

上面不用摆放太多新奇好看的玩意儿，随意的几本书就够了，这样，她能在心理上找到一些跟别人家穿新衣、玩新玩具的孩子相持平的东西。

她特意把抽屉里的小物件儿翻出来，再用纸巾一个个擦拭好摆放回去。书更好整理，摞在一起，打开柜子，把它们尘封到最角落里去。

一番收拾下来，桌上便空了许多。

左顾右盼，总觉得少了件东西，一时之间想不起来，反而把她刚刚油然升起的骄傲感浇熄了不少。

房外的电视还在播放着综艺节目，她觉得心生腻味想把这吵闹的声音隔绝开来，这太打扰她还在探究到底少了什么东西的大脑旋转了。

她皱着眉，想叫季诚楠，又觉得自己无趣，这么点儿小事，她自己都不愿意去拜托他帮忙，况且连她自己都不知道要找什么。

在房间里坐了许久，她不想再跟大脑抗争了。

走到客厅的时候，电视上是一档火爆的相亲节目，主持人颇为搞笑轻松的主持风格把现场的嘉宾逗乐了不少，台下的观众掌声雷动。

可是简桦觉得，这种节目其实就跟作秀一样，哪里有人会在短短的几分钟里，就找到真爱。

镜头扫过妆容精致的女嘉宾，长得真好看，可是拿起话筒，说话的内容却让人皱起了眉头："男嘉宾你好，我想请问一下你现在的存款有多少？"

简桦"啪嗒"关了电视机——

懂了，让台上的女人动心的不是被包装过的男人，而是男人压在箱底的一张卡。

她想起一个素未谋面的人，一个抛夫弃家的女人。

每日每夜地跪在大街上，看着来往光鲜亮丽的人，铁皮碗里零星的纸币，难能饱肚的三餐，这些都不曾让她觉得金钱有多让人趋之若鹜。

可是她却忘不掉九叔。

被现实击垮的人，在某些事情上会领悟得比其他人更深层一些。她作为一个毫不知情的听众，也能听出九叔到底是因为什么才要背井离乡，而后任人宰割——

无非就是钱。

书房里亮着灯，简桦闲着没事，在客厅里走来走去最后还是走到了书房门口。

门虚掩着，透出来的光映在她的脸上，眼睛被刺得疼，还是推了门进去。

仓促收拾纸张的声音，简桦还在揉着眼睛，看不清坐在桌前的人，可是能清楚地知道他的动作。

"东西都收拾好了？"有些刻意的声音。

简桦不回他："我是不是有样东西落你这儿了？我找了半天也没找着。"

她有些沮丧，明明不打算问的。

可是季诚楠的询问，让她突生距离感。

"什么？"

简桦绕到书桌的另一边："我也不知道，就是收拾的时候觉得少了件什么东西，可是我自己也不知道是什么。"

"那就不找了，总归在哪个角落的。"

简桦看着他，眼睛扫过书柜上的书，顶层的大多落了灰。

"那不找了，我去睡了啊。"说着往门边走。

她其实有些期待，明天就要走了，她希望他能叫住她，再多跟她说说话。

她正这么想着，那边就真的传来声音。

"简桦。"

她回过头，下巴不禁抬高，窃喜着等来的这一声。

"啊？"

声音里有惊喜的味道，季诚楠听着她这一声应答有些愣，可是看着她，心里也有了些欢愉。

"没事，睡吧。"

简桦有些发蒙，她原本以为季诚楠会跟她说很多话，什么舍不得啊，什么放假我来接你，什么在外面要学着照顾自己啊，这些她都可以借着话由跟他说上好些话。

可是他显然没有给她这个机会。

【2】

一个月后。

简桦在等待室友打菜的时候，看着身边往来的人，突然想着，学校的日子过得莫名漫长。

也许是因为这样的念头，她甚至觉得身边经过的每一个人都像电影里的慢镜头般移动着。

中午的食堂人不算很多，大多人是结伴而行的，她一个人坐在位置上，有人经过时还特意回头再看看她。

"哎我跟你说，这食堂阿姨在打饭这门功夫上练得可真算是炉火纯青了，我还真没见过谁能把一勺的菜抖一下就去了一大半，落在餐盘的时候，她还能再给我拨出去一些。"坐在简桦对面的人将两人份的饭菜放下，拨弄着餐盘里少得可怜的肉粒不满地抱怨着。

"你以为在自己家呢，人家也是替你的恋爱事业担心，你看你肚子上的游泳圈。"随后落座的人把书整齐地放进书包，"你看这满盘子的辣椒，我明明点的就是土豆炒肉，不知道的还以为是辣椒炒肉呢！"

简桦听着两人的抱怨声，慢慢扒拉一口饭，不错了！

"哎你还说我呢，有辣椒就不错了，不然你满盘子里啥都没了。"坐在对面的人说道，像是在为女生刚刚的挖苦而愤愤不平。

"呸！这什么啊！能吃吗？"旁边的女生扔掉筷子，没好气地把餐盘往前一推，"简直就是人间地狱！走，出去吃去！"

简桦跟听不见旁边两个人说话的声音似的，挑起看着还不错的藕片往嘴里送去，一口下咽。

她风餐露宿地也过了几年，饿极了的时候还在垃圾桶里翻找过能吃的东西，带着馊味的她也能吃得津津有味。

说白了，眼前这盘菜，其实没她们说的那样无从下口。

那女生说着便准备起身，对面的人看着动静也不吃了，跟着收拾东西。

简桦没心情再吃，跟两人招呼着便往寝室走去。

来学校有一个月了，她很少在外面走动，没课的时候都在寝室待着。

星期五下午没课，所以她都是在上午最后一节课结束后便回寝室收拾东西回家。

可是今天才星期四，还得过一个晚上，她才能见到季诚楠。

寝室是四人间，三楼。

报到那天，季诚楠把所有的东西都替她归置好，带着她下了顿馆子便被局里紧急叫了回去。

再回到寝室的时候，室友都已经到齐全了，正聊得火热。简桦坐回自己的位置上，三个姑娘齐齐向她看来，继续刨根问底。

寝室没有光亮，尹雅和张敏刚刚跟她分别后便出去开小灶了，汪茗茗现在可能还泡在图书馆。简桦换上家居服，躺在床上无所事事。

打开的手机在墙面上映亮一块，她四处点动着，到信息栏里，是徐行发来的短信：

——到了。

徐行去了临近国界线的城市。

在填报志愿的时候，她心里多少是有些刻意的。

她想远离围绕在她生活里的这些人，家人、朋友、爱人。可是她一想到简桦，心里突然有些歉疚。

她还是伤害了那个她一直拼命保护的姑娘，就算在知道她自己只是简桦生活里众多保护者中的一个之后，她还是不忍。

她永远记得那个下午，在她被余秋浣呵斥出教室之后，跟在她身后跑出教室的女孩。

那是她感觉自己像个玩偶被人随意丢弃的时候，最先向她靠拢的人，是她立誓一定要好好保护的人。

在转了几趟车后，她提着简单的行李站在学校大门前，看着来往护送孩子来报到的家长，她想起那些年，不管辗转了几个城市，她做的第一件事就是给简桦报平安。

也许是这些年养成的习惯，让她自然地掏出了口袋里的手机。

连着几天的车程，手机只剩下虚弱的一格电。

她点开编辑短信的界面，在添加收信人的时候手指停顿，有些恍惚，她不知道简桦是不是已经变更了手机号码。

在她浅薄的记忆里，只记得简桦报了本市的学校，可是具体在哪里，她还没来得及问，洪水就包裹住了她，顺着这一波接一波的洪流，她漂流到了现在脚踏着的这片土地。

到了。

她不再多想，直接输入了简桦的手机号码。

简桦的思绪又被拉得好远，算上今天，她跟徐行两个人已经整整三个月没有见面了。

在她们各自成长的几年里，这短短的时间根本算不上什么，可是一想到这是徐行在那次她们拔刀相向之后发来的短信，她又觉得自己像头栖息沙漠的骆驼，死死把自己埋在泥沙里不愿抬起头，不愿意面对徐行，面对这次徐行也许会跟她绝交甚至老死不相往来的可能。

她们像是约好了一样，谁也不向对方先开口。

没有什么低不低头，在简桦想了很久之后，觉得她们两个，谁也没有对不起谁。

她质问徐行没有错，徐行嘲讽她也没有错。

长大后谁也不像小时候一样了，不是谁错了就一定要道歉才是和解的方式。

简桦觉得，就算以后在她跟徐行之间，谁被埋怨到最后，她们中间也没有一堵墙会把对方抵制到生老病死。

在她们之间，有少女时候，那些微不足道的牵扯，是对方不一定是最可靠的，但是一定会为彼此垒起最高的城防。

坐起身的时候，寝室的门刚好打开，简桦回头，看见汪茗茗探进来的脑袋。

"呀！简桦你在啊，我还以为我回来得够早呢。"汪茗茗走到座位上把书包里的书一本一本拿出来摊开，上面满是五颜六色的便利贴。简桦看着她背着像高考最后一阶段复习时所背的厚重的书包，心里不禁感叹——真用功啊！

大学是个让人容易变得散漫的地方，有人这样跟简桦提过。在好几节专业课迟到后发现老师其实对她并无问津时，简桦才深知这事实——

台上的人自顾自地讲课，唾沫横飞，台下的人瞌睡连连。可是没关系，台上的人毫不在意下面的人是否跟随着他，他只要完成这场表演就好了。

台下的人也不在意，对于他们来说，只是换了个不大舒适的地方继续睡觉，一样能修来学分。

就这样，台上台下的人拥有不知名的默契，谁也不打扰谁，各做各的事情。

可是，也有例外——就像汪茗茗这样的。

她能比简桦三人早起两个小时，一个小时用来晨跑，一个小时用来背单词。她是寝室里最后一个出门的，早餐是简单的馒头包子，两个荞麦馒头能硬生生计划成两餐，没课的时候她都待在图书馆。

在尹雅不大认真的研究下，她们一致认为汪茗茗肯定是家境不好，所以这样刻苦节俭。在大家商量好要对汪茗茗进行适当的人道主义关怀时，她们却又发现另一个让人跌破眼镜的事实——在节俭得可怜的两餐之后，汪茗茗的晚餐却是在学校外标价最贵的餐馆里解决的。

这有些让人不可思议了，在一次晚间谈话时，尹雅忍不住问她——"哎汪茗茗，你都是怎么想的啊，又不差钱儿你干吗早中餐揪着馒头过不去啊？你跟馒头有仇啊？"

尹雅说话前总喜欢加个"哎"字，在她看来——哎这个字就像每次与人打招呼的"你好"一样，显得礼貌呀，总不可能说一句话就道一句"你好"吧？多奇怪啊！

简桦同样好奇，三个人像约定好一样齐刷刷地翻身看向汪茗茗，等着她开口。

消化完最后一个单词，汪茗茗不好意思地咧着嘴笑："馒头多好吃啊，晚上那餐可是我一天的军功章呢！用来奖励奖励自己一天的收获嘛！"

尹雅和张敏觉得无趣，翻身不再理她。

简桦两耳炸响——人家活得多有目标啊，她现在就像个废人一样，教室瘫完床上瘫，跟条臭虫一样。

所以在那之后，简桦把汪茗茗作为榜样，虽然没有那么认真吧，可是在专业课上，她还是比其他同学成绩好不少。

上午最后一堂课结束的时候，简桦被专业课的教授叫去了办公室。

简桦选择的是心理教育专业。

她曾撒娇地问季诚楠，在她被高考严重袭击后所残留的一点点大脑容量里，还能选择什么丝毫不费脑力的专业。

季诚楠当时正坐在书房翻看资料，见她进来，没有一丝异样地整理好桌上的资料看着她，不像进门前的严肃："做我的妻子。"

简桦听得不知所措，站在书房门口进也不是，退也不是。

最后熬不住涨红了脸，她瞪了季诚楠一眼："那得做副业，我还得找一个能养活我的正经工作。"

房间里有片刻的安静，然后是季诚楠起身的身影，他把资料放进书柜里："你最好把它当作本职工作，毕竟这也是份会签合法合同的工作。"

最后在几番思索下，简桦选定了心理教育。

她想，也许她以后也能帮助跟曾经的她一样，心里有小小困兽的孩子。

办公室里人不多，简桦站定在教授的办公桌前。

下午没课，明天又是周末，她本来想早点儿回宿舍收拾东西回去。可是看着教授细细翻着资料时，才回过神来，没有什么好收拾的东西。

"教授，请问找我有什么事？"等了好久时间，教授仍然还在翻看着资料，简桦看着办公室里来来去去的人，不解地问。

星期五的课本来就很少，学校里好些老师住在相邻的几个市，趁着没课也早早收拾好东西准备回家了。

没有回应。

简桦看着座位上的人，有些花白的头发随意耷拉在耳边，穿着保守的职业装。

学院里的师生都说，心理教育专业的谭铭教授嘴硬心软，教出来的学生都是尖子。

想到这里，简桦猜测莫非是谭教授看中她潜在的资历，誓要把她培养成心理教育行业的高山？

她没汪茗茗那样用功，而且看谭教授从把她叫来就把她晾在一旁的态度，这种可能性微乎其微。

简桦心里暗暗地想。

"你是孤儿？"隔了很久，谭教授抬高滑落的眼镜抬头问她。

简桦愣了愣，却也不太吃惊。

进校录入的信息里，她的紧急联系人后的备注填的是"叔叔"。无父无母，这是一眼就能明了的事。

"嗯。"

"家在梧城？"

"是的。"季诚楠把她的户口落在了梧城。

然后又是窸窸窣窣翻动资料的声音。

"是在梧城长大的吗？我是说从幼时。"谭教授这下才抬起头仔细看着她。

简桦被问得发懵，在她浅薄的渐渐被淡忘掉的记忆里，有个画面，连她自己也不知道是真是假——

被抱上车前，她记得那时候的梧城街道两边没有成片的梧桐树，她和一个记忆里面容模糊的女人坐在一辆破旧的面包车后车厢，有星星点点的亮光从车窗透进来。车子摇摇晃晃，一路颠簸，她记得旁边的女人好像在哭，很小声地抽泣。

时间隔得太久，等她记事的时候，她自己也分不清是现实还是在那个又脏又臭的、好些人随意找着空地便睡下的仓库里做的一个梦。

"是吧，我也不清楚，记事的时候就在梧城。"

简桦说完，谭教授像要一探究竟一样，紧追着问她："那之前呢？还记得吗？一点儿印象都没有了吗？"

资料被谭教授压在双手下，简桦看着桌上漏出水墨的笔芯沾在纸张上，赶紧提醒座位上的人："谭教授，资料、资料弄脏了。"

谭教授顺着她的话低头看向桌面，染黑的地方不多，他并不在意，这份资料与此事件相关的人已经人手一份。

"不是很清楚，我是有一点儿印象，大概在两岁的时候吧，坐了很长一段时间的车，路上颠簸得很，颠得虚虚晃晃不真切，我自己都分不清是真有这么回事儿还是在做梦。"

简桦瞥见桌上的资料，是一份做得很详细的表格，上面按时间排序，后面的事项写得太过紧凑，简桦没有看清。

"那你对你的父母还有印象吗？"

突如其来的一句话，让简桦手足无措。

她想起十一岁那年，一起乞讨的孩子们的父母一个一个闻讯而来。

那些日子里，她总在睡梦中被那些号啕大哭的声音惊醒，看着走廊里中年模样的男人女人抱着曾经跟她一样拿着碗游走在大街上，靠着路人施舍的五毛一块才能得到一日三餐的孩子，她也暗暗地想，为什么没有人来接她？

在得到无亲人探访的信息时，她才算知道，她真的是孤身一人。

······

没有印象，我连他们长什么模样都不知道，更不要说他们在哪里了。

还在警局的时候，她在来来往往总对她嘘寒问暖的人口中得知，她是被卖来的，在三岁的时候。

她不想探究那狠心把她丢弃还要把她换成一笔其实没有多厚的一沓钱的人是谁，知道了又能怎样？是她的父母亲的话，那她本来就是被遗弃的。如果不是的话，那她更可怜了，被丢弃了一次又一次了。

想到这里，简桦冷笑一声："如果我记得他们的脸，我一定不想再看见他们了，恶心。"

谭教授不再问她，看着她的时候几次欲言又止。

谈话结束，简桦欠身走出了办公室。

天边飘过几片云，她看着办公楼下围跑在操场上肆意挥洒汗水的男生们，还有在一旁加油助威的女生，情绪翻涌。

每个人都在笑着，都笑得好看，她站在阳台边上，突兀又扎眼。

【3】

凰城周家。

周家老三想起周晋彦昨天送过来的资料，夜不能寐。

上面的每一个字无不牵扯着他的每一根神经，当初被迫跟他签下离婚协议书的女人，在黑暗的牢房里，确实给他生下了一个孩子。

而在孩子出生的当天，就被送出了监狱，下落不明。

他曾暗自寻找过一段日子，在得来的信息里，大多是没有活着的迹象了。

他也心有不甘，他甚至想念那个还在监狱里的女人，那是同他并肩作战的人，是陪他熬过一个又一个无眠夜晚的女人。

想到她一个人在那黑漆漆的房子里，没有人照顾，没有人安慰，生下一个不被承认的孩子，他心里就紧得发酸。

可是惊喜突然而来。

看着照片上的女孩跟她相似的面容，他突然有了好些个问题想要问问照片中的女孩，这些年都是怎么过来的，有没有吃饱穿暖，有没有被人欺负，有没有想过，你的父亲，一直在找你？

梧城为了建设文明城市，在城市巡逻上加大了力度，以前早中晚三班重新调整了三个小时一班，一群穿着警服的警察在大街上巡逻着，甚至连城管的事也开始插手了。

在前两天的一次巡逻中，巡逻车被迫停在路中间，街道两边围满了人，下车探看的人回来说，城管在抓小贩的途中把小贩打得头破血流，激起了民愤，被围在浩浩荡荡的人群中。

疏散了好久人也不见散，没办法，扣留了动手的几个城管。可是不到一天，媒体和执法局纷纷向局里施压，誓要给一个说法。

季诚楠被派去医院了解情况，小贩的妻儿坐在病房里便开始哭闹：

——我们家就靠他养活了，他要是出什么事我们娘俩也不活了。

——城管就了不起，就能乱打人了啊，什么世道啊。

——你们不给个说法就是徇私舞弊啊，你们是串通一气的啊！

……

回去的路上，周深气不打一处来。

"那哪能叫徇私舞弊，狗屁的串通一气，一群临时工能跟人民警察比吗？"周深把车窗摇下来，风灌进来，倒是让车里的闷热散去不少，这自然风比起空调更令人心情愉悦。

"人家也是签了劳务合同的，是正经工作。"季诚楠关掉空调。

"那又怎么样？要我说执法局那帮兔崽子就是闲着没事儿干，好好的不会说话非要动手，整得自己跟个流氓队似的……"

"现在不好对付的是媒体那边，不少社会人士也在关注这件事，市长那边也说不过去，邻近几个市都在等着看笑话。"

"能有什么办法，执法局非说动手的几个人是临时工，没有编制，闹到我们这边也没办法。"

"你三叔不是挺关注这事儿，不都过来了？"

"嗬，他哪能啊，你说他一搞学术的为这事儿凑啥热闹？还不是我家老爷子，非让他过来说是找人，说他在家写那几篇破理论也没人看了，让他出来看看走动走动。"

车子急转，周深被晃得倾斜了大半个身子："你小子能不能好好开！别城管那事儿没过去又闹出人民警察撞车的新闻。媒体最近盯得紧呢！"

厨房里冒着腾腾的热气，把屋子里笼罩了一片。

简桦听着砂锅里食物咕嘟咕嘟的声音，心里不禁得意——她已经能变着花样地做出好几道菜来，而季诚楠也能吃得津津有味，她有着成熟女人的面容，也有着成熟女人拴住男人的本领。

简桦甚至还想跑到还对季诚楠念念不忘的言可面前大言不惭地告诉她："真可惜，你这一辈子，都得不到季诚楠了。他的胃啊，已经被我这双手牢牢抓住了。"

"你想吃什么馅儿的饺子啊？"盛出煲好的汤，简桦在冰箱的冷藏间里翻找着，上次买的速冻饺子还没有吃完，她拿出确认没有过了保质期，发现好几种味道她都不怎么喜欢。

季诚楠还在书房里，局里一天盯得比一天紧，媒体的施压让事件瞬间升温，市民在网络上贴出了打人的视频——双方都有动手，只是小贩势单力薄，受伤严重。

执法局打着临时工的幌子，可是不管是小贩的妻子还是媒体，谁都不信这个借口。

简桦撕开包装，有薄冰掉落，把饺子一个一个放进沸水里，它们在锅里不断地翻转，看着都让人欢喜。等了一会儿，白白胖胖的饺子浮在水面上，盛出，洒上葱花浇点儿醋，简桦招呼着季诚楠出房吃饭。

"最近很忙啊，我在网上看到了新闻。"一口呼啦了一个饺子，简桦嘴里烫得疼，张开嘴直往外呼气。

季诚楠看着她狼吞虎咽的样子，把自己碗里的又往她碗里拨了一些："慢点儿吃，你急什么？"

"媒体抓得很紧啊，我看刚流出来的视频，受伤男人的老婆因为医药费的问题，在医院又闹了一场，情况很糟糕吗？"

季诚楠看她："不是你该管的事，好好吃饭。"

他把这个话题聊死了，简桦就另找话题。

可是她也知道，三方施压，局里现在不好办，谁也给不了说法，执法局那边死犟着咬定打人的是临时工，换谁谁也不信，市长好不容易惩治了执法局，查处相关的人员。没承想，网络上出现愈来愈多声张正义的人，坚持要求为小贩提供生活保障。

一场冲突演变成民事责任，让人头疼得要命。

这些话在网页上不知道已经播报了多少遍，简桦都能背出来，可是她也看得出季诚楠这两天到处奔走，执法局、医院、局里。

季诚楠被这档子事搅得脑子疼，可是有句话叫作——山雨欲来风满楼。有些事像沙尘暴一样，一开始就是几个小时，毫不停歇。

　　课程渐少，简桦没课的时候便也跟着汪茗茗往图书馆里跑，尹雅跟张敏看着两个人不亦乐乎的脸，觉得两个人真的是疯了。

　　都说大学是天堂来着，就该好好谈场恋爱，把这青春的尾巴消耗殆尽啊！

　　可是这两个人像是还没有从高考中缓过神来似的，还天天拿着那么厚的一本书当精神食粮啃。

　　晚饭的时间，两个人从图书馆里出来，看了一下午的专业理论知识，简桦被满脑子的专业术语砸得疼，不想吃饭，先去附近的水吧等着汪茗茗买饭回来。

　　学校附近的水吧大多有小阁楼，女生爱往上面跑，看着来来往往的人，跟同伴小声八卦着谁谁又恋爱了，谁谁分手又马上有了新目标。

　　这个时候人还不是很多，简桦顺着楼梯往上走，在靠栏杆的位置坐下。

　　这个位置是最好的，可以随时看见从大门经过的人，也能随时跟楼下吧台的老板招呼着再要一杯什么样的饮料。

　　现在还是吃饭时间，街上的人来往得不多，马上入秋，梧城的天气就要变冷。

　　趁着夏天这最后一点儿时间，大家厮杀在各个餐馆的包间里，人声鼎沸，在这小小的屋子里，显得肆意又畅快。大家你来我往地罚酒一杯，叫嚣着老板快一点儿上菜，也不是真的饿，就是等不及要看着满桌子的菜，才觉得这里真正是我的主场了。

对面餐馆里的嬉笑声传来，简桦觉得可能还要等上汪茗茗好一阵儿，她起身从旁边的吧桌上随意拿起一本杂志，上面展示着最新的时装元素，简桦一向对这个不感冒。

她在那些年里奢望得最多的就是有朝一日一定要吃饱穿暖，现在她做到了，或者说有人满足她了。

人不能贪心，求得了一件就应该学会感恩戴德，感谢四方菩萨降福。要是不满这些，还要求得更多，菩萨会怪罪。

菩萨本就是怪力乱神，不该信。可是她信因果，有因就有果，她要是要得多了，可能会连现在这些有一天也没了。

门被推开，风铃发出丁零的响声，她以为是汪茗茗回来了，看见的却是另一副熟悉的面孔，还有跟在身后的男人。

他们就坐在靠门的位置，一人点了一杯拿铁。

其实学校附近的水吧哪里有什么正宗的咖啡，连一杯黑咖啡都是速溶的，更不要说一款意大利浓缩咖啡与牛奶的经典混合能在这种地方品出多上乘的口味了。

咖啡端上来的时候，男人表情还算自然，可是一口下去，马上变了脸色。

"怎么？喝不惯？"谭教授把杯盘里的杯子转了个圈，然后双手托在杯身。

男人不说话，把面前的杯子往前推了推，原本在吧台里的老板听着动静，抬起头往两人的方向看过去，一脸嫌弃——有钱人啊？来这儿干什么呀！

"收起你那副有钱人的样子，这里都是些学生，你做些气派给谁看？"谭教授不看坐在对面的人，可是坐在阁楼上的简桦看得清楚——那男人不说话，动了动身了，把西装的侧领拉直，脸上的表情不自然。

"你找过那孩子没？怎么说？"男人正视着谭教授。

简桦的手指在杂志的侧边摩挲着，指甲滑过纸边，书页就起了一条毛边，细细的纸屑掉落在桌上，渐渐在桌子上形成了一条白线。

"除了资料上的那些，其他也没什么了。"谭教授喝了一口咖啡，还有些烫，这种小地方孩子们总喜欢来，她今天总算知道为什么了。

无忧无虑的年纪，连喝着的水都是甜的，谁不喜欢得紧呢？

"就没了？"男人不动声色，等着谭教授继续开口。

简桦觉得没趣，低头再次看向手中的乏味杂志。

"说是有段记忆不知道是不是真的，坐在车里一路颠簸，年纪太小，也说可能是在做梦时梦见的。"

"什么时候？"

"两岁的时候吧，我觉着她自己其实也搞不清楚，现在觉得像在做梦，在心理学上来说，叫往梦，是她刻意要忘记的。"

……

像是从山顶推落下来的巨石，准确无误地砸进简桦耳朵里。

他们说的那个孩子——

是她!

水吧进来一批人,简桦看着他们进来,又看着谭教授跟那个男人出去,恍恍惚惚间听见汪茗茗的声音:

——简直就是噩梦啊!

——我跑了好几家都是满满当当的人,没办法只有等着。

——你饿了吧?快吃啊,愣着干什么?

他觉得他这一生，总是在错过一些重要的东西，明明都是近在眼前他伸手便能握住的，可是一个恍神，就这么毫不知情地擦肩而过了。

第七章
周家的人

【1】

媒体把医院围得水泄不通，周深从走廊里好不容易挤出来，递给季诚楠一瓶水，披上搭在肩上的警服："嘿！你说当年老子穿着这身衣服，觉着自己神气得不得了，晚上睡觉都舍不得扒下来，现在去买瓶水还得特意脱掉，你说这叫什么事儿啊？"

季诚楠猛地灌下一口，不说话。

"非得赶上这么个时候，你说这些猪脑子，下手怎么就这么重，站在马路边上就敢抡拳头。这群媒体也是，非得闹大。"

事情愈演愈烈——

建设文明城市期间，城管打人，小贩受伤严重，执法局不承认打人的是在编人员。市长出面誓要将打人者严惩，好不容易将这件事压下去，可是市民在网络上接连公开了打人视频和受伤小贩妻子在医院大闹的视频。

网络上越来越多的人站出来替弱势的小贩声讨公道，也谴责执法局的不负责任。

闹到现在，媒体把关注点从小贩受伤又放到了年幼的孩子读书问题。

这个社会，谁都在声讨不公平，谁都在追求公平，可是在现实面前，谁都曾经是个失败者，想站起来却挪不动脚步，那就让别人站起来好了，使一把力推他上去，你再拉我一把，这样就好了。

季诚楠想了半天，不由得骂出一句。

周深喝完最后一口水，把瓶子扔进垃圾桶里，他现在特想家里怀着身孕的媳妇儿！期盼着这档子事快完，老子急着回家抱抱我软软绵绵的好媳妇儿。

"是吧，这群傻逼。"周深站起身，拍掉身上的灰，还没说完，就看见季诚楠往走廊走了。

"我说的是网民。"

做完医闹的笔录，季诚楠跟周深又赶着回局里。

言可正巧从大楼里出来，看着他俩打招呼："走呗，吃饭。"

周深兴致冲冲拉着季诚楠就走。可是季诚楠太乏累，没了外出吃饭的心情。

言可看着季诚楠推脱的样子，心里赌气，你就真的看不见我这么个人儿是吧!

她伸手也要拉季诚楠,却被躲过。

刚开完会,大多数警员准备出去吃饭时恰巧看见这一幕。

言可气急:"季诚楠,你真傻还是装傻?我都做到这份儿上了,你就连个回应都不给我?"

谁说当过兵的女人就不是水做的了?就算她在泥浆里摸爬滚打了好几年,她也还是一摊水,软起来谁都想上前轻抚一下。

周围走动的人听见这动静,反而没了调笑的心情,大家都在等着季诚楠的回应。

周深站在两人中间,他这人最会调节气氛了,可是现在这气氛太尴尬了。

是季诚楠,先打破了这糟糕的气氛。

不仅是周深和言可,连周围所有的人都听见季诚楠咬字清楚的一字一句:"不好意思,我有女朋友了。"

人群里炸开了锅,有人觉得这下子有戏追言大美人了,有人觉得季诚楠这句挺狠的。

而还保持原动作站在两人中间的周深,受了惊吓——

这小子居然有女朋友了?

没听他提过啊!

围观群众散去,季诚楠反而不紧不慢地往大楼走去,晾下原地的周深和言可。

　　言可脑子里开始急速旋转，迎面而来的话语像突然降落的冰雹重重砸在她的身上，她其实觉得一下子轻松不少，背着对一个人的感情，那个人还在你工作当中四处转悠，是一件不可回避极其沉重的事。

　　现在得了一句话，清楚明白，不用再多做猜测，不用再多跟季诚楠打持久战，她反而轻松自在了许多。

　　他们家往上三代都是警察，到她这一辈，只有她跟她的哥哥，可是言大少爷不愿听从安排报考警察学院，硬是跟家里人吵了一场，甚至从家里搬了出来，做他的金融投资去了。言可那时候不懂，她看着从小便不大正经的哥哥脱离家庭的支持，没了依托，他从最底层做起，一步一步到后来在金融圈里站稳脚跟。

　　她才知道，有些人，是能够为了想要的东西多做努力的。

　　后来她大了一些，家里人直接把她拖来了警察学院，她这人没啥大志向，做事也就依着性子来，她不像她那个金融哥哥满口的梦想追求，觉得活得轻松一点儿就好了。

　　对她来说，当不当警察她不反对，但是真要说起来，她也不喜欢。强化训练，早上十公里晚上五公里，她不能像平常女生一样打扮自己，被剪得细碎难看的短发，小腿肌肉壮实紧致。她可不想看起来太不像个女人，学着睡在一个房间的女生们的样子，也偷偷摸摸开始打扮自己。

　　后来遇见季诚楠，她也不知道自己怎么就一心一意地把心思都放在了这个男人身上。

他不像同期进来的那些男生，在这个男多女少的环境中，他真的跟那些人不一样，清淡的性子，也不与人多有往来，点到即止。

她好胜心强，想要什么就一定要得到什么，人生顺风顺水久了，难能拐几个弯多走几趟路。季诚楠对她来说，就是多走的路。

迂迂回回，就是走不通顺。

可是现在，她走顺了，或者说，她把这一程走到终点了，该拐弯拐弯，该前行前行，就是不用再回头多做盘旋了。

同样深受震惊又满腹疑问的还有周深。

在同季诚楠相识的这几年里，他一直把季诚楠当作最亲近的兄弟。

就算他跟周晋彦有血缘关系，可是在他看来，他跟季诚楠还要更亲近些。就他的成长环境来说，周晋彦跟他太过相似了，一个人照着另外一个人的模样成长，不管怎么说来，都是不妥帖的。

就像复制克隆，他在周晋彦的身上，更多的看到的是他自己的影子。

季诚楠不一样，他性子清冷，交往的朋友一只手就能数过来。第一次见季诚楠，周深就莫名想要跟他亲近，所以总爱往季诚楠的办公桌走动。

一开始季诚楠对他也只是礼貌客气地打招呼，后来两个人一起在楼道里抽过几支烟，一番或深或浅的交谈，让他觉得，季诚楠这个人吧，身上看着戾气重，其实为人老成。

此时，周深揣着一肚子疑问往季诚楠的方向追过去，还没来得及叫住他，便被一通电话叫去了办公室。

　　梧城的警察局坐落在城市最中心的地方，一出大门就是最繁华的商业街。

　　一开始的时候，其实不大太平。商业街这种地方，出入的小偷小摸的人太多了，来来往往的人从身边经过，一个不注意，包里甚至是手上的钱包和手机瞬间就被顺走了。

　　随着从凰城调来的周处长加大力度整治社会治安，城市风气渐好。

　　处长办公室在三楼，从楼梯口往里走，最里面那间。

　　打开门，房间隔成稍小的两间，外面会客，里间办公。

　　周深进去的时候，外间的茶几上还摆放着两杯热气腾腾的茶水，老式的杯子，上面刻画着垂钓的老人，倒是跟周处长的兴趣一致。

　　往里走，周处长正站立在窗台边，上面摆放着两盆不大的绿萝，这种植物好生长，只要浇浇水便不用再费心打理。

　　窗子向着商业街，可以看到来来往往流动的人群，吵闹声传进来，听着有番人间烟火的滋味儿。

　　听着声响，周处长掐掉手里的烟。

　　早年缉捕罪犯的时候，手持凶器的犯人反抗，在他的右手中指与食指间留下了一道伤疤，扭扭曲曲从两指间蔓延到虎口处。

　　"学不会敲门是吧？"转过身，拉开转椅，周处长看着周深，语气严厉。

周深停下脚步，望着坐下的人，深吸一口气，往回走又带上了门。

他心里有赌气的成分，这个在家是他父亲在外是他上司的男人，永远用同一套方式对他——发号施令。

在门外站定了一会儿，他才抬手轻轻叩了叩门，声音不大，却因着两面靠墙，带出些微回音。

等里面的人开口，他才推开门进去。

"处长。"标准的敬礼，抬手时带起衣服的一边。

周长建抬头瞥了他一眼："小余安胎还能把你给养胖了？"

哑言。

"医闹那边的事你先放下，这两天你帮我做件事。"手指叩着桌面，发出噔噔的声音。

周深听着觉得耳膜振动，嗡嗡作响。

"只要不要让我回去，你说什么都行。"他咬牙，憋了很久才说出这一句话。

本来他想好好说的，可是这么些年来，除了回周家大宅这件事，周长建很少单独见他。

就连他跟余秋浣的婚宴，他也是匆匆在一天之内往家里打电话交代，紧接着带余秋浣回凰城见过周家老爷子。

连留宿一晚也不愿意。

那个地方，他真不想回去。

当初周晋彦来找他时，他连问也不问便收拾了一间房间给周晋彦。

"那个家里，住着的都是怪物，会把人身抓得鲜血直流。"坐在回梧城的车上，他看着熟睡在副驾位置、即将成为他妻子的女人，用只有自己能听见的声音，轻声地说。

……

周长建还是不看他，转椅转过一圈又转回来，他突然间像个顽童一样觉得这小小椅子很有意思，画了圆圆的一个圈，又转回原地。

"周深啊，你不是想知道答案吗？"打开柜子，拿出一沓资料，周长建翻了翻，从最里层取出一张便条。

一张被裁掉一半的信纸，红白色条纹分割线，满打满算数下来也才五格，蓝黑色的字迹微微浸透纸背。

出办公室的时候，出去吃饭的同事大都回来了。

周深站在走廊里，看着一件件警服从他的身边经过，突然也不禁想问问自己，自己到底是为了什么才要当警察的呢？

在他记事的时候，常常跑到周长建的卧室，橱台比他小小的个子高了不止一个头，他搭好小椅子，蹒跚而上，椅腿不稳当，他还记得有一次晃得厉害，他的哭声引来了在院子里修剪花草的周老爷子。

那时候周老爷子还不像现在一般年老体衰，稍稍使力便一把把他从椅子上捞起来，放定在地上，手里还拿着花铲，看着他问："阿深啊，你知道这些奖杯意味着什么吗？"

他不过才刚刚知事的年纪，却也知道那些奖杯代表的厚重意义。

他抬起稚嫩的脸庞，望着周老爷子期待的眼神，男子气地说："责任！"

"对！"老爷子呵呵笑了起来，拉开椅子放下花铲，又把周深抱起放在双腿上，"人啊，这一辈子，简单来说就是从生到死，非要再说些什么复杂的东西，就是责任。"

对自己、对家庭、对社会的责任。

你要活得体面一点，就要对身边的每一件事、每一个人都担负起责任。这担子说重不重，可是细细说来，也不轻。

你活成什么样子，就是你对自己的责任；你身边的人过成什么样子，是你对他们的责任；这个社会是什么样子，是我们每个人的责任。

"大道理从小我就听得不少，可是季诚楠你不知道，他们从来就没有做到过，还非逼着我成为这虚伪的样子。真累！"

这是一场天翻云涌之后，周深脱下警帽，站在季诚楠的面前，意志消沉时说的话。

我们总想着活成什么样子，被期许、被教化、被世界改观，可是活得一点都不像自己。

【2】

简桦第一次体验到大学不同于九年制义务教育，是因为课堂考实在是太轻松，教室被分列成五排、九列，可是大家都还是人挤人地坐着。

卷子上还有油墨味，她小心展开，正庆幸考试的题目之前都有复习过，笔随心走，刚做完选择题，监考老师便被叫了出去。

教室里一下子炸开了锅，大都是没有复习的同学，他们左顾右盼，盼望着谁能把答案趁着这空当尽快发送出来。

简桦的左前方是尹雅，抬起头的时候发现尹雅正好看着她，女孩子动作不大，小心翼翼地打着唇语问简桦做好了没。

还没等简桦给她传递信号，一张写满答案的字条便从第一排依次往后传来，简桦被这架势吓了一跳，等字条传到她这里时，怯生生地四处打量着监考老师会不会突然出现。

还好，教室门口一直没人。

她做得差不多了，也不想耽误后面的人奋笔疾书的时间，身子稍稍倾斜，把字条往后传。

一个小小的倾斜，却让她瞥见了站在教室后门的人，额头不禁冒汗，又假装着跟后面的人说："同学，借支笔。"

一直到考试结束，老师也没有回来，铃一响，大家蜂拥着把考卷交上讲台便出了门。

汪茗茗从旁边教室过来时，简桦还在座位上。

"怎么？没考好啊？"确认好后面几场考试的时间，汪茗茗问她，"不会啊？昨晚还是你画的重点，我还觉得好运呢，都是复习过的呢。"

简桦没有接话，一点一点收拾好桌上的东西，回忆起教室后排的人。那人她见过一次，在学校外的水吧里。只是今天这一面，让她心生不适感，那是一双探究的眼睛，是要把她捆绑在空无一人的荒漠里，要一点一点把她挖空的眼神。

那眼神让她不寒而栗。

她没有想到，那个人，还等在考试楼外。

男人仔细地打量着从教学楼大门出来的每一个人，直到见到简桦，反而往身后退了两步。

简桦看着男人的动作，未曾预料到，这一天，将会是如此的漫长。

有男生骑着单车从她跟汪茗茗的身前一闪而过，风带起她的刘海，她正扒拉着乱糟糟的头发，就被男人叫住。

"简桦。"

太阳光透过稀疏的树枝投射下来，落在男人的眼镜上，让人看不清镜片后的眼睛，可是简桦依然能感受到那股探究的意味。

汪茗茗知趣地退开，主动要求把简桦的东西带回寝室，男人看着她们，礼貌地等待。

怀着忐忑不安的心情，简桦被邀请上车。

车里有清新剂的味道，简桦闻不惯，轻轻咳了一声，然后瞥见男人摇下车窗的动作。

"你不问问我是谁？"声音里带着疑惑，男人的双手掌握着方向盘，稍稍侧身问她。

简桦起初不敢有大的动作，听着男人发问，也稍稍转身打量他，平整的老式西装，宽框眼镜，看着约摸五十的年纪，可是不管是动作还是说话的语气，都给人一种学识渊博的印象。

"我见过你，跟谭教授一起。"她轻声回答，想起那天听见的对话。

男人倒是有些吃惊，松了松脖子上的领带："这样啊，难怪。"

难怪什么？简桦反而摸不着头脑了。

难怪你瞧见我传字条时还能正襟危坐？难怪我老老实实跟你上了车？

窗边的风景一闪而过，等看清街边的路牌时，她才发现这条路是开往市区的。

大学城坐落在梧城的最东边，靠城郊，可是附近的几条街却有三所学校，位于南北西三个方向，刚巧把往市里这条路空出，简桦看着前方的路牌，即将驶上跨城大桥。

"你知道我的名字……"

"我姓周，周晋彦的父亲。"没等简桦问完，旁边的人便接上话，像是一直在等着她发问。

简桦只觉得天旋地转，周晋彦这个名字，她有近五个月没有听过了。

现在她坐在一个陌生男人的车上，被告知是那个久未被人提起的人的父亲。

可是，为什么要找上她呢？还有，那天他跟谭教授在那个小小水吧又为什么提起关于她的事呢？

驶过大桥，转弯，车子渐渐开进市中心。

看着车水马龙的大街，简桦再问："嗯……周先生，你找我有什么事吗？"

终于问出这一句话，简桦不禁感觉一阵轻松，心里一片宁静，连窗外吵闹的声音都听不清楚了，静静等着回答。

她设想过很多种可能，徐行、周晋彦、周深，在理过一番之后，她才发现她跟周家的交集可真不少。

可是她万万没有想到，接下来的一句话，却像大雨倾盆，把她的脑袋清空，重新来过。

"也许，你是周家的孩子。"

……

电影里，被绑架的人挣扎无果，所以总会有跳车的戏码上演。

简桦记得功夫巨星成龙有一部片子，他从疾驶的车顶上翻身而下，帅气落地，起身逃跑，动作连贯，那个大鼻子大叔在简桦眼里真的帅气得不得了。

当时她还问季诚楠，如果没有大鼻子大叔那身功夫，跳下车也能这么帅吗？

得来的却是一句嗤笑："简桦，那都是骗人的，如果真的在那样的速度下跳车，单单是那冲击力也能擦破好几块皮肤。"

车子开得平稳，简桦想着如果现在跳下车，擦伤力能减小到多少。

旁边的人看着她不断变化的表情，闷声一笑："当然，我说的是也许，也可能不是，毕竟现在我们不能够完全证明。"

所以呢？

简桦恍神，问他："所以呢，现在要带我去做鉴定吗？"

古时有滴血认亲，现在医学技术发达，一根头发也能测出无数的数据。想到这里，简桦觉得好笑，亲缘关系这种东西，真的不是谁生谁养这么简单的。

那是一段长久的感情，从接受到陪伴，漫漫长路，能积累出很多东西的。同样也是很长很长的一段路，才能让枝丫交缠，培养出感情，化成不能分离的东西。

就像她跟九叔、跟季诚楠，都是相依为命，感情一点一点渗进她的心里，发芽、生长、开花、结果。

"也许会。可是你知道这需要时间，我或者整个周家都很迫切地想要探清这中间的关系。"

果然，这个男人身上散发出的墨水味儿，让她听得云里雾里。

网络发达，她能从各种网页看见千里寻亲的新闻，有的人好运能找回失散多年的亲人，也有运气欠佳的，找了一辈子也不能与亲人相见。

她记得前些时候，网络上炒得沸沸扬扬的一则新闻。

混迹网络的博主总是乐于分享家里两位老人的有爱互动，网上爱凑热闹的人多，视频被多处转发，几经辗转，有人却想着法子要联系原博主，发出的话语里大致信息是，视频的老人长相跟过世的爷爷有些相像，而过世的老人，有个早年因为战乱被迫分离的弟弟。

后来热心的网友加大转发力度，联系原博主，终于确认身份，然后相认。

多感人的一则网络新闻，连简桦也感叹这世间的奇妙。

可是这奇妙，并没有让她生出更多的想法，她从来也没有想过，哪一天，她也能找回她的亲生父母。

她心里早就认定，她是被抛弃的，被生身父母抛弃的那一个。

不想探究这难以说出口的缘由，她自我成长的这些年，跟生她的那双人并没有关系。

车道分两向，季诚楠打开车窗，风灌进耳朵里，呜呜得难听。

他甚至能想起好多年前安纳西那个雨夜，急啸的风大力撞击着玻璃，声音刺耳。他还是孩童的模样，睡眠浅，怯生生地爬下床，打开卧室的门，看着小妹妹房间里隐隐透出的光亮。

他走过去，门虚掩着，妹妹睡得安稳没有哭声，他再凑近，看见坐在床头的母亲。

那是一张平静的脸孔，像结冰的雪地，看不出一丝的不平常。

踌躇了蛮久，风声停止。他看见母亲起身，拿起桌上的奶瓶，往妹妹嘴边凑去。

跟妹妹出生后的日日夜夜一样，母亲总是睡不安稳，守在妹妹的摇篮边，等到夜里妹妹哭闹，她便抱起那个小小的人儿，游荡在一间又一间黑暗空荡的房间里。

他回房，没了撞击着窗户玻璃如同鬼嚎的风声，很快就睡熟了。

只是他不知道，那一个晚上，他的母亲偷偷打开家门，再也没有回来过。

留下他和他跛腿的父亲，以及心智不再健全的妹妹。

他觉得他这一生，总是在错过一些重要的东西，明明都是近在眼前他伸手便能握住的，可是一个恍神，就这么毫不知情地擦肩而过了。

就像还停留在他记忆里有着年轻面孔的母亲，以及迎面而来背道而驰的车里的人。

车停在出站口不远的地方，季诚楠看了看时间，早到了一刻钟。

出站口前的人群络绎不绝，他站在对面的超市前，看着人群，不动声色。

大包小包提着行李的人刚刚走出被围起的栅栏便被人亲昵地接住，拥抱寒暄。有人抱着孩子，还在四处张望，兴许是在寻找约定好来接她的家人，还有人一声不响地直直往打车的地方走去。

季诚楠从兜里掏出烟，缓缓点上。

那是一个被拆开很久的烟盒，内侧的金黄色纸张早已经软趴趴地耷拉在烟盒里。抽出一支烟，也许是放置得太久，有些湿潮，他小心地把烟身抒直，四处翻找却找不出打火机。

超市就在身后，他却懒得走动，将烟盒揉皱，扔进旁边的垃圾桶。

他心里，有不知来处的不安感。

人群散去，铃响，栅栏再次打开。

他背靠着墙壁，犯了懒意，直到看见缓缓走出的三人。

最前面的男人，手拄着拐杖，右脚使力，季诚楠隔着十来米的距离，却能感受他身上的乏力感。跟在后面的女生被旁边的中年女人搀扶着，也许是因为人太多觉得稀奇热闹，四处张望着，男人时不时回身跟中年女人交代着什么。

再回过头的时候，季诚楠已经近在跟前。

女生看见他，一脸窃喜，说话不大利索，但季诚楠还是听清了她的声音。

"楠楠。"

季诚楠从兜里掏出一颗糖，像当年哄着简桦一样："乖。"

"La voiture（车呢）？"

一时间改不过来的口音，从旁边经过的一对情侣回过头来看他们，嬉笑着："听见没，正宗法语腔呢！"

"前面，不远。"

季诚楠听着别扭，回国的这些年，他更爱母语的发音，圆润饱满。

男人同样别扭，不再说话，任由季诚楠搀扶着，感受到他放慢的脚步，一步一步走得踏实。

车子又驶回来时的路，这段路真漫长。

季诚楠打开车里的电台，电台主播的声音传来，温暖磁性。

他在这些年里，早已经失去了同身边男人交谈的能力。

在安纳西的那段时间里，他早起，看着男人坐在院子里的背影，闷声问自己，到底是什么东西把他们之间的正常父子感情打得支离破碎呢？

没有答案。

他们能坐在一张餐桌上，能同样小心照顾着心智不成熟的妹妹，也能心平气和地在饭后坐在一起喝茶下棋，可是那生疏感总是弥漫在两人之间。

男人倚靠着车垫，闭目浅憩，听见声音，微微张开了眼。

季诚楠瞥见男人轻微挪动身子的动作，伸手要把电台关掉，动作还没有一气呵成，就听见男人说："开着吧，佳嫣喜欢听。"

"这里跟凰城不一样啊。"声音里带着好奇，看着一闪而过的街道，他缓缓道，"清冷，不像凰城压着人喘不过气。"

季诚楠没有作声。

刚回国的时候，他曾在凰城待过一段时间，凭着记忆找回了幼时居住的胡同巷子。

几幢老式陈旧的房屋横竖交错，生生围成了个四合院的样子，季诚楠走近右边靠里的那一间，呼吸急促。

房门紧闭，大概在他们之后再没有了租户，窗户上已经结了好几层蜘蛛网。

对面的人家看见他，打开公共的水龙头，问："小伙子找人啊？那家人早搬出去了，有十来年了吧，我搬来的时候就不在了。"

季诚楠回身。

不大的院子还陈列着些旧家具，一下子像回到好多年前，他蹲在院子最外面，等着出勤的父亲回来，母亲在屋子里做好饭菜，三菜一汤，日子清淡也安稳。

……

在季诚楠还没有清醒地从这些糟糕的回忆里走出来，在他接上已经好多年没有回国的父亲和从来没有踏上这片真正是故里的土地的妹妹时，命运的齿轮急速扭转，把深渊里的黑暗一点一点给拉了出来。

【3】

车开在熟悉的街道上，最后在余秋浣的店门前停下。

男人先下了车，等在铺着红白地砖交替的街道上。

简桦在车里踌躇了一会儿，跟着下车。

只是她没有想到，这一步，生生把她跟季诚楠之间，隔开了好远，远到后来几年里各自生活的距离。

余秋浣快到预产期了，自然不在店里，简桦熟门熟路地找位置坐了下来。周长林随后坐在她对面的位置。

"周先生，你直说吧，为什么是我？"简桦把话挑开。

坐在对面的人直视着她，听她这样说，便也开门见山："周家在我这一辈，有三个孩子，我排老二，我跟大哥各有一个孩子，你应该都见过。"

是的，她自然是都见过的，周深和周晋彦，这两个人都在她的生活里掀起过一阵波澜。一个视她如季诚楠捡回家的幼兽，一个是她最好的朋友，为之不惜跟家里闹得鸡飞狗跳的人。

"我的弟弟，白手起家，和他的前妻创办了凰城最大的媒体公司，来往的都是有头有脸的人物，可是却闹出了周家最大的笑话；我的前弟媳，背着周家在暗地里做起了毒品贩卖生意，可是没有想到，爆出这则新闻的，是自己手下的一家子公司。"

简桦曾在徐行那儿听过这些，可是话尾以"谁也不知真假，只当饭后谈资"而结束，而现在听着眼前坐着的这个周家男人说起这些，简桦吃惊不已。

"我大哥当时负责这起案件，他根本不相信人前精明能干、人后精打细算的弟媳会是这起毒品交易背后的老板，可是在制毒工厂亲眼看见慌乱逃走的人，他顾不得那是他的家人，举起手枪直指那人……"

简桦像是看了一部警匪片一样，听着对面的人时而平静时而颤抖的声音，仿佛也能感受到拿起手枪那人的心情。

"那一枪没有开下去，后来老爷子厉声训他，为什么面对犯罪分子他要心慈手软？他闷不吭声，那是我同他生活这几十年来，第一次听见他哽咽的声音，他说：'那是我弟弟的妻子，也是我的家人，我在那时候根本就扣不下那一指。'可是他没有想到，那个被我们视为家人的女人，却让身边的人向着他开了一枪。那颗子弹，硬生生打在了把他推开的人腿上，那个人，是他最亲近的兄弟……"

说到这里，男人的话音越来越低沉。

而简桦在听见最后一句话时，身体突然僵硬。

记忆呼啸而来，一字一句打在她的脸上，啪啪作响。

她曾经在余秋浣那里听来，季诚楠的父亲，在一场缉毒行动里，被打伤了一条腿。

……

风铃作响，来人细细打量着店里的人。

这是他妻子的店铺，每一处装潢都是他亲自监工的，他太熟悉这里了。

看着坐在位置上的男人，周深径直走了过去，手上的文件袋里装的是一份检验报告。

这里面，是关于周家流浪在外的弃女的亲子鉴定报告，他不知道资料上的人是谁，但是拨通周长建给他的号码后，他确定，他还有个堂妹。

周深看着背对着自己的身影，猜测那会是什么样子的人？

在同季诚楠成为朋友之后，知道在地球的另一端季诚楠还有个妹妹，那是个心智不健全的女孩，简单的一句话可能要说上好几遍才会照着做的女孩子，可是每每季诚楠提起她的时候，眼里的宠溺让他不禁心里发酸。

如果他有一个妹妹，他一定会好好保护她，要给她很多很多的疼爱。把房间涂成女孩子最喜欢的粉红色，把欺负她的男孩子狠狠揍一顿，带她吃世界上最好吃的东西，带她去她最想去的地方。

看着一点一点照着他的模样长大的周晋彦，他想，如果真的有那么一个女孩子，他才不要让她变成这个家里的下一个定制品，她就照着自己想要的样子生活就好了，他会好好保护她。

而那个他要保护的女孩，就坐在他二叔的对面，他即将要把对妻子一般的疼爱，赠予给她。

"结果出来了？"周长林问站在简桦身后的人。

简桦抬头，周深错愕。

命运可真爱开玩笑！

一生中要经历多少件难以接受的事情，才能让一个人练就百毒不侵、不惧钢刀的体格？

等知道所有的来龙去脉之后，天已经黑了下来。

简桦看着对面的两个人，心里不停翻腾。

她想起那次周晋彦在大街上堵下徐行后，徐行留宿在她家的那个晚上，跟她说的那句话——周家人，不是那么好招惹的。

她看着那份检验报告被抽出，放在她的面前，她竟然还能冷静地问出口，哪里来的她的头发做的鉴定。

得到的答案让她觉得好笑。

在她跟徐行分别后的几个月里，她还能称得上朋友的，也只有汪茗茗一个人了。

这个让她在某一天突然振作勤奋的人，这个总是乐呵着笑得像徐行的人，这个前一天晚上还跟她征战在图书馆的人，像她当初在徐行心上捅的一刀一样，往她的心上也狠狠地扎了一刀。

她不知道汪茗茗为什么把她梳子上没有清理掉的头发偷偷拿给了谭教授，她也不想探究了，做了就是做了，有些时候结果比理由伤人，那就不要再把自己往悬崖边逼退一步了。

街上行人匆匆，可是没有一个人为她停留。

简桦一步一步往前走，一直走，不敢回头。

她害怕。

怕看见给她讲了听来实在好笑故事的周长林，怕看见周深眼里那些就快要溢出来的愧疚。

为什么要愧疚呢？

你不是一直都用嫌恶的眼光看我吗？你不是一直都觉得这些年我都是在耽误季诚楠吗？你不是还嫌我老在余秋浣身边转悠吗？那你就不要用这种眼神看我啊！你就跟以前一样，打击我、唾弃我，甚至辱骂我，说我是只狗，是猛兽，就是不要用愧疚的眼神告诉我，我是周家人！

人生本就是一场无法抗拒的前进，脚下的这条路，如果不是自己的选择，那么路的终点在哪里，谁也不知道。

第八章
塌陷的真相

【1】

绕过一个弯，往里走十分钟，左拐，直走，到第三家杂货铺，买一瓶水，再往前走一个巷口，就是她和季诚楠所住的小区。

十七楼，她不搭电梯，默念着楼层，一步一步提脚上去。

她费力抬起的每一脚，疼痛感从她的脚底直击心底。

僵硬地挺直身子，手里的瓶装水被她握得紧紧的。她心里一下子被填满了太多的东西，又像一下子被人全部掏光。

胸口沉闷，等看见那个熟悉的门牌数字——1703，她终于泪如雨下，她的双腿酸痛得颤抖，这交错了好多层的楼梯一步一步，终于到了。

在门口站了许久，她听见电梯口响起好几次的"丁零"声，可是那离得并不远的声音却好像从很远的地方传来，直穿她的身体，把她打击得双腿微曲，整个身子砸在了门上。

闷哼一声，她甚至清楚地听见充满脑袋的嗡嗡声之外，门里趿着鞋走路的脚步声。

门打开，她困难地再次直起身子，看见一张陌生的脸。

皮肤黝黑，身材臃肿，蓬乱的头发一股脑扎在脑后圈成一个髻，好笑的是发色却是有些褪色的桃红色。

简桦迟疑地站在门后，等看到听见声响走出书房的季诚楠，她才稍稍松了口气。

隔着中间的女人，她的眼睛直视着季诚楠，她不想问面前的人是谁，为什么会出现在这里？

她只知道她有好多的话想跟他说。明天下午还有最后一堂考试，她连衣物都已经打包好了，想着等考试一结束就打电话告诉他她已经在回家的路上了。她甚至都想好了明天晚上的餐单，等放好行李就马不停蹄地奔向马路对面的超市买好食材，再赶回来洗手做菜。

如果没有今天发生的这一切，如果她没有听到那个实在荒唐的故事，她只会觉得，她现在站在这里，站在她生活了好多年的家门口，只是为了给他一个惊喜。

她太想他了。

季诚楠看见站在门口的简桦，眼里有光芒急剧收缩，他本能地朝她走来，脚步却又下意识地一顿。他身后的书房里藏着一个让他感到害怕的秘密，那是周深不久前给他的资料，而他的父亲此时正在里面。

丽斯不确定地看着他和简桦之间流转的目光，终于开口询问，是不太标准的普通话发音："请问你找谁？"

简桦实在没有力气扯出一丝礼貌的微笑，她手撑着墙壁往前走了两步，丽斯也礼貌地往后退了两步，感受到季诚楠疾步往她们这边走近时带起的风。

"怎么回来了？"季诚楠拉住她，右手穿过她的左臂，把她捞进怀里。

太温暖了，简桦把头深深埋进季诚楠的怀里，他身上永远有一股好闻的味道。

季诚楠回过头，看着丽斯："你进去陪着佳嬅。"

丽斯看向简桦的目光还带着些不可思议，听见季诚楠这么一说，便径直穿过客厅，打开那扇紧闭的房门。

……

书房里跛脚的中年男人挣扎着起身，走到书柜前仔细观察摆放在相框里的照片，旁边两本厚重的书中间露出一纸白角，被轻轻扯出。

坐在沙发上，简桦四处张望着，书房里还透出微微的光亮。

季诚楠抬起她的双腿放在自己身上，指腹使力按压在她的小腿上："电梯又出故障了？"

他心里讶异，早在两个小时前，他回来的时候电梯还是好好的。

他弯着身子，额上的碎发垂在半空中，有微风经过，带起一两丝。

"家里来客人了吗？"小腿上的酸痛感减少了一些，可是里面仍然胀得厉害，她连小小的动作都不敢做。

在他们一起生活的这些年里，家里从来没有来过第三个人。

刚来的时候，她整日把自己关在房间里。不会使用按下中间圆圆的按钮就会发出嗡嗡声的油烟机，季诚楠每天中午定时拨通客厅的电话，她在房间里听了许久才走出房间，接听挂断，打开那扇防盗门之后，门边已经放着用塑料盒打包好的午餐。

连着给她送了近一年外卖的人，她一次照面也没有打过，也不知道那个总在中午 12 点在门外弯腰放下外卖的人是男是女……

季诚楠的手稍稍使力，简桦痛得眼泪差点儿又要出来，惊呼了一声。

她心里升起好气又温暖的感觉，让她甚至要忘了这一天她都听闻了怎样荒诞又让人背脊发凉的事，让她只要一想到都觉得无法平静地面对季诚楠的事。

一时间两个人都平静下来，只剩下从书房里传来的"嗒嗒"的木棍敲击地面的声音。

简桦抬起头来，这个声音让她想起许多年前，季诚楠给她过的第二个生日，他送了她一双带着两厘米跟的公主鞋，她甚至没有一套公主裙配着这双鞋，就"嗒嗒"地踩在地板上，四处转悠。地板是实木的，发出好听的声音。她喜欢得紧，在生日的第二天，趁着季诚楠上班不在家，再次穿上这双鞋，在房间里欢快地踩上一天……

她回身，看见的是随意披着外套的男人，两鬓间有清晰可见的白丝，眼神浑浊，明明是一张中年男人模样的脸，可是他稍显佝偻的身形，就这样冲击着简桦的感官。

让她更惊慌失措的，是男人的右腿边，挂着的那根拐杖。

她脑子嗡嗡地冒出许多话来。

——季父在一次任务中折了一条腿。

——那颗子弹，硬生生打在了把他推开的人腿上，那个人，是他最亲近的兄弟。

——你是周家的孩子。

那么多的信息一下子聚拢，连成一段完整的往事。

她曾经听余秋浣说，后来，季家举家搬去了安纳西。而季诚楠的妈妈，之所以离开这个家，是因为季父负伤的腿。

原来，让季家身陷混沌的这些事，与她也有着联系。

那一瞬间，简桦失神地张开嘴，她感觉满腔不知名的羞辱感就要从她的胸口里溢出来，浑身战栗，要不是有身下的沙发支撑着她的身体，那爬满整个身体的无力感，就要硬生生地把她拉下无底的深渊。

她扭转着身子，整个身形呈现出一副怪异的样子，她清楚地感知到季诚楠把她的双腿从自己身上放了下来，麻木得没有知觉的肌肤接触到柔软的沙发。

季诚楠站起身，叫站在书房门口的男人："爸。"

书房里隐隐的灯光照在男人的身上，动作沉稳，地面又响起"嗒嗒"

的声音。

简桦慌乱回转过身子，房间里本来就静得可怕，可是接着，简桦又听见从季诚楠房间里传来的声音。

"楠楠……楠楠……"

那是个女孩子的声音，像刚刚开口学话的婴孩，口齿不清，可是她却能清楚地辨认出那一直在重复的两个字。

季诚楠立刻站起来往传出声音的房间走去，留下客厅里的简桦和季父。

简桦被满腔羞耻感压得喘不过气来，直到季父在她身边坐下，她甚至能听见口腔里牙齿打战的声音。

"你就是诚楠带回家的那个孩子吧，生得很俊俏啊。"

简桦听着旁边男人低沉的声音，心里如被烈焰焚烧——求求你不要说了……

"眉眼跟我认识的一个人很相像，他们家在凰城，离这儿不远。"

那一刻，简桦觉得羞愧到了极点，他说的，就是凰城周家，就是那个害得他们家破碎得很难修补的周家。

顾不得腿上还在抽筋，简桦挣扎着站起身来："不好意思，我先回学校了。您好好休息。"

季父看着她慌乱的动作，还不忘叮嘱她："路上小心啊。"

出了小区门口，一对老夫妻脚步蹒跚地推动着三轮车，车上是捆绑整齐的废纸。走了没两步，老人便催促着老伴上车，拗不过，年老的女人颤颤巍巍地靠坐在车沿上，老人挽扶着她，终于坐定。老人笑得咧开的嘴里，早已经没了牙齿，可是有什么关系，他还有他视如珍宝的人呀。

简桦跟在老人的身后，步子细碎，泪流满面。

她也想跟季诚楠有这样的一天，可是她也知道，他们之间没有这个可能了。

······

她忘了她是怎么走出那扇门的，那本来是她以为会跟心爱的人待上一辈子的温馨小家。可是她忘不了季诚楠走进房门后，脚步轻重不一的男人缓缓走到她的面前，俯视着她的眼神里，有着要将她跟季诚楠隔开的高山深海，万里荆棘。

那漫长得像徒步走了好几年的一天，不得停息，曲折蜿蜒，把笼罩整座城市的黑夜又拉长了好些时候。

简桦走在人潮拥挤的大街上，身边都是结伴同行的人。她才知道，原来这些年，更多的时候，她还是被那与生俱来、誓死要跟她纠缠余生的孤独感紧紧跟随着。

腿上的酸痛感再次拉扯着她的神经，她坐在站牌前的凳子上，嗤笑自己，简桦啊，没有那么简单的，人这一辈子，就是要跟苦和困难做拼死搏斗的，不会因为自己经历过一场，下一场就没有再登台的可能性。

她看着还被她握在手里的水，瓶身不知在什么时候，已经被她狠狠抓出了些褶皱。

扭开瓶盖，冰凉的液体从她的喉咙直泻而下，像是流经每一根血管，然后全部汇聚在她的心口，浸湿一片。

很小很小的时候，现在想起来她甚至要用一个第三人称的身份说起这件事，以一个局外人的角度，才能把一件事讲得透彻——

那时候九叔的妻子还没有弃他而去，九叔还没有来到这座生是他的噩梦、死是掩埋他残缺不全的身子的城市。

那时候的简桦跟着一个十几岁年纪的女孩子一起，沿路乞讨在这座城市的每一个角落里。女孩常常蹲在一家小小的早餐铺子前，看着刚出笼的热气腾腾的包子，嘴里发出咂吧的声音。那个时候她没有过过普通同龄孩子过的生活，还不知道那咂吧的声音，叫作渴望。是对一餐热气腾腾的饭菜的渴望，是想要结束这样难堪根本就过不下去的日子的渴望，是每个人都想过着挥金如土的生活的渴望。

简桦只知道，在连着蹲守了好几天后，女孩趁着胖胖的老板娘回身的时候，疾速冲到灶台前，打开蒸屉，也不管是不是会把她的手烫得起泡，抓起两个包子就跑。简桦看着女孩跑开的身影，也跟着就要跑，可是奈何她的步子太小，一把就被胖胖的老板娘抓住，啪啪两巴掌甩在脸上，她疼得大叫："姐姐……姐姐！"

可是那个手抓着包子的人，连头也没回，就那样跑开了。

……

那是简桦第一次觉得她是孤独一人的时候，而这种感觉在那次之后，在九叔离去之后，又向她汹涌袭来，她看着两边空无一人的座位，她知道，她还是一个人。

她将永远都是一个人，那些在她生命里给她留下好的坏的，她乐意接受、她排斥抗拒的人和事，都在她小小圈子的外围。

她暗自做了一个决定，不对，是对每一个人都要有一个交代。

【2】

而在简桦不久前踏出的那间屋子里，一身西装革履的季诚楠透支着全身的力气，同样推开了那扇门。

可是他的每一步，都走得艰难。

他安抚好从睡梦中惊醒的佳嫣后，那个本来坐在沙发上的女孩子不见了，取而代之的，是他身形佝偻的父亲。

这间屋子里升腾的烟雾，让他看得虚幻不真实。

"那个女孩子，叫简桦是不是？就是那个你带回家养大的孩子，周家的孩子。"低哑的声音里带着肯定语气。

季诚楠这段时间里一直平静的心，终于迎来一场海啸，把他从岸边生生推进了急速旋转的风暴里，难以平息。

"阿诚。"

这一声，把季诚楠拉回他幼时还生活在凰城的日子，每天父亲出警回来的时候，高大的影子将他整个笼罩，他被圈进一个安全的怀抱里面。

父亲的手常年扣枪，臂弯有力，身子骨也硬朗，一把把他抱起，他坐在父亲的怀里，听见父亲爽朗的声音："阿诚长大了就能跟爸爸一样了。"

"我当初答应让你回国时，其实并不大愿意你跟周家来往。可是周长建还是想着法地找到你。"提起这个名字时，季父感慨不已，那是他一生中最合拍的战友，"我这条腿废了跟他没有关系，是我自己扑上去推开他，子弹无眼，打在我的身上我认。

"他觉得愧疚，要留你在他身边，我也明白他的用意。这么些年过去，我早就看淡了，就算你妈走了，我就当没了她这个人算了，走了就走了吧。"说起那个趁着雨夜离家的女人，他就像谈起一个陌生人一样，"我对不起她，可是她也折磨了我半辈子，她同样对不起佳嬅。"

……

车灯打着双闪，季诚楠把车停靠在路边，看着那个坐在站牌下的人，终于看清自己在这广袤的天地里的渺小。四处都是霓虹闪烁的大楼，夜里笙歌，白天喧嚣，不管他走到哪一处，安纳西、凰城、梧城，这些小小的城市，拼接起的是一个大到无边的世界。

对于这个世界来说，他只是一只任由命运践踏的蝼蚁。

已经是晚上十点，街边的人群依然不散，末班车停靠在简桦的前方。

她突然想起明天还有一场考试，她突然想起曾经九叔在相似的站牌前告诉她，只有读书，才能过自己想过的生活。

"没用的啊，九叔，没有用，我还是不能过自己想要的生活。"她在心里喃喃，她突然懂了，那一年看着窗外急着想要展翅的高三学子的老师，说的那一番话——

人生本就是一种无法抗拒的前进。

毫无预兆地，身边坐下一个人。

两肘相触，简桦满腔的不忿再次喷涌而出，轻声地抽泣，紧接着的是号啕大哭。

"季诚楠，我觉得我这辈子怕是没有福分过好日子了，我怎么觉得这么不公平呢？为什么就是我呢？我没有对不起谁啊？我没有对这个世界犯下大错啊？为什么就不能让我好好地、好好地过完这一生呀？"说到最后，牙咬得紧紧的，她巴不得就咬下一块皮，把这具身子横切剁烂。

"我从来都不敢想要得到更多，我害怕，我知道一旦欲望攀升，人就要露出狰狞可怕的面孔，好运的人自然有，可是我也清楚自己是什么运气的人，所以我连想都不敢想。可是在你身上，我却想跨过那条鸿沟，走一走吧，万一能成呢？我也不可能一辈子运气不好啊，可是我怎么能明知故犯呢？"她抬起脸，转头看着默不作声的季诚楠，期盼着能从他这里得来答案，可是明明连她自己都找不着答案，谁又能替她解答呢？

这不是一道简单的数学题，不能像当初她给徐行讲解题步骤一样三言两语就能讲得清楚的。

"你还记得你给我买的第一个书包吗？我从来没有想过会有用上那么好的东西的一天。在那之前，我是一个连三餐都不敢乞求吃饱的人。你把那么好看的东西给我，我就知道，我在你的身上，就会期盼得到更多了。你每天再多两句的嘘寒问暖，你看着我能笑笑的样子，甚至我还想要你的爱，把我就这样送到老死的那一天，如果我能身体健康，不受病痛折磨地死去。"

她说得语无伦次，想到什么说什么，季诚楠安静地听着，他以前总希望简桦能走出自己的小小圈子，自己勇敢地把心里的那只围困住她的猛兽打败。

原来，她早就徒手杀死那只作祟的猛兽，可是心里又长出了荆棘。

她终于把他小心藏起死死压住的东西翻开来，一字一句地打在他的脸上，他的脑袋像被谁生生掰开，把他的秘密展露在霓虹灯下。

"因为周晋彦，对了，你见过他了是吧？那个晚上你可能还跟他抽过一支烟呢，回去的路上我能闻见你身上的烟味……因为周晋彦，徐行跟我撕破脸，我们曾经躺在一张床上恶狠狠地诅咒周家人太不是东西了！什么破门风，把我最好的朋友逼成了那个样子啊。后来我还因为他，站在徐行家跟她针锋相对，那个一直站在我面前保护我的女生，被周家人伤害，又被我伤害。"

"季诚楠你知道吗，"她一边泪流满面一边扯出比哭还难看的笑，"我今天听了好长的一个故事，见了周深，他带来一份检验报告，上面清楚地写着我是他们周家的孩子。真搞笑啊，原来我身体里流着被诅咒的周家人的血，所以我才会跟周晋彦一样伤害徐行呀。"

季诚楠的嘴角不自然地扯动，他能清楚地感受到手上暴起的青筋，他也清楚地感受到身边坐着的人浑身的颤抖。

那份被他小心藏在书房里的资料，辗转着又到了她的面前。

原来，那些他没有跟她提起的过往，同样也辗转着被她早早就听说了。

宣判来临。

"所以……我也是害得你们家破碎成这个样子的一分子啊……"她再说不出一个字。

因为，我也是周家的人啊。

晚上。

季诚楠把她放在附近的宾馆，两人填饱肚子，各自坐在房间的两边。

她哭得太久了，桌子上是还没有收拾的残羹剩菜，等心情终于和作响的肚子一起平静下来，她拿着床头的遥控器，开了电视。

季诚楠一直看着她，她深呼吸两口气，问他："季诚楠，你会不会恨我呢？"

这个问题她在亲眼看见季父受伤的腿之后，一直在她的脑海里盘旋挥散不去。

如果换作是她，她一定恨死了这个身份的自己，先把爱这回事儿放在一边，一定一定是恨的。

在她这短暂又不平稳的前半生里，一开始就什么都没有，所以她在伸出递给九叔馒头的那双手时，并没有盼想过她得来的是一个没有血缘关系的家人，还有一段世界上所有人所拥有的第一段感情——亲情。

在每个人的一生中，朋友是来了又走的、虚幻得抓不住的一段极为浅短的感情；爱人是相伴余生，在有了成人横样后才能相约好继续往下走的苦死交缠，这两份感情都要靠着修炼而来，互相打磨，再归放在一起。

可是亲情不一样，那是浑然天成的，是没有任何的阻隔就能相融在一起的感情。

你经历了什么样的家庭，得到了什么程度的亲情，才能给你怎样深浅的力量跟后面这两段感情融合。

所以如果换作是她，得到像季诚楠那样的亲情之后，她不敢再拿出多少情感给别人了，更不要提爱了。

季诚楠绕过床沿，坐在简桦的身边，伸手圈住她："简桦，你不要这样问我，也不要这样想，这些跟你都没有关系，跟你没有任何的关系。"

她从季诚楠的怀里挣扎出来，挺直着身子："可是我是周家的孩子。"

一天之内，从他们的嘴里、从她自己嘴里，"周家的孩子"这五个字就一直被重复提起，她起初厌恶这几个硬生生强扣在她身上的字，可是提得多了，她甚至连自己也要厌恶起来了。

"那又怎么样，你在我的身边长大，跟他们没有关系。"他从来没有想过等简桦知道所有的真相后，还能这么平静地跟她说起这句话。

他一开始理清所有的脉络后，心里是翻涌不得安宁的，可是真的等面前这个女孩问出这句话的时候，他只有一个念头——没有关系，我不在意你是谁，你是我的。简桦，从我带你回家的那天开始，你就是我一个人的，生是我的妻子，死是我的墓边人。

简桦消化完这句话，心里犹如千军万马在奔腾，感伤化作感激，来回翻转。

可是他们的这番对话都逃避了一个最真实的事实——

季诚楠，是我的生身母亲叫人扣下打在你父亲腿上的那一枪，是生我的那个人啊！

没等她说出口，手机铃声骤响，季诚楠松开还在简桦腰上的手，起身站在窗边。

夜里安静，她能清楚地听见电话那头咿呀的声音，看着季诚楠皱起的眉头，她就知道，那句话不用问了，根本就不用说出口了。

挂断电话后，季诚楠走过来站定在她的面前，伸展开的臂膀将她整个人带进怀里。

"等我。"

他只用两个字就把她拉进他为她搭建起的防御层里。

门被打开又关上，简桦在季诚楠踏出房间的那一刻，泪水再次落下。

季诚楠，我不要等了，我不想再做那个永远被你们保护在身后的总是蜷曲身子的人了。我生来就是被丢弃的，所以这一次我先走。

人生本就是一场无法抗拒的前进，脚下的这条路，如果不是自己的选择，那么路的终点在哪里，谁也不知道。

这条路，我自己选。

【3】

窗外还是黑色的一片，暖黄色的路灯光亮从窗户的缝隙透进来。

天还没亮的时候，简桦就退了房。

清晨的街道上，早餐摊子已经搭起了好几家，路过一家粉馆时，翻搅着锅汤的老板娘叫住她："姑娘，进来吃碗面吧，天气冷了，把身子弄暖和了，前面的路走得才顺畅。"

店牌上是几个红漆大字——有家粉馆。

简桦在门外站了会儿，往里面走去。

有家粉馆，有家。

胃里被填得满满的，走出店面的时候，已经有上班族等在不远处的公交站牌前。她从这些衣着光鲜亮丽的男男女女面前经过时，探究地打量着他们。

在这一刻，她心里升起一些丑陋黑暗的念头，猜测着这些人是不是在过去的某一年里，也跟她一样经历过一场又一场根本无力招架的磨难呢？他们又是怎么走过来的呢？现在他们是不是得到了他们想要的生活呢？

她像个观摩者一样，想要从他们身上探究出答案，可是这些人匆匆而过，根本没有给她思考一番后再得出一个结果的时间。

坐在开往凰城的火车上，她突然像读一篇阅读理解的文章一样，开始梳理她的这前半生。

模糊的开头是她不大清楚的记忆里颠簸在车里的那一程，文章的第二段是她在街上流浪乞讨，再往下是季诚楠。

她把章节分得混乱，可是出场人物和顺序却一个不落，这样数下来。

今天这一程，就是结局了。

平铺开被她放在衣兜最里层的纸张，她想起前一天走出余秋浣的店前，周长林把被她揉皱的纸张硬塞进她的衣兜里："简桦，你应该见见他，你一定要见见他。"

窗外是已经干枯的稻田，有序排列的田里还立着没有被拔走的稻根。她觉得她就跟这些田里的稻根一样，都是被遗弃的。

可是她不想等别人把她拔起，她要自己，一点一点地把自己救起来。

还有两个小时的车程，她的头越来越往下沉，她还能感受到头倚靠在车窗上轻轻砸出的闷响，意识却被带到了另外一个地方。

她曾经在专业课的课堂上听老师讲起过，一个人因为想要逃避现实，所以就一直告诉自己，睡吧睡吧快睡吧，睡了一觉起来也许情况就好了呢。在心理治疗的研究结果中发现，一觉之后真的能带给人相对轻松的一种状态。

因为在自我催眠的过程中，脑神经自动将意识混入虚拟的梦境中，你的压力有多大，就跟你梦境里呈现的画面成正比。而当你回到现实之后，你会发现，真正面对的情况比你梦境里的画面要轻松多了。

在这短短的梦境里，简桦梦见很多个零散的碎片镜头。她看见徐行被同学推搡至垃圾桶边，她看见周深回到家后跟余秋浣嘲笑她是周家人这荒谬的事实；她看见九叔被疾驶而来的汽车撞倒在地，后面紧接着的一辆车又往他的双臂上轧过；她还看见季诚楠把她带到第一次给她买书包的商场门口，告诉她不要到处乱走，等一下他就回来找她，可是她等啊等啊，等到商场打烊，季诚楠也没有回来找她。

……

最后一堂考试在下午四点，汪茗茗从开考前便一直给简桦打电话，昨天晚上她没有回宿舍，一直到就要开考也还是没有出现。

广播里开始播放着考场纪律，汪茗茗在再一次听见手机里机械性的女声之后，终于放弃。

她不能错过这一堂考试，她要靠着这些傲人的成绩得来的奖学金甩在她嗜赌如命的母亲面前，声音洪亮地说："我不要你那些用肮脏手段得来的钱，我可以自己养活自己，我不要你的钱！"

在她贫瘠的童年里，每日每夜听得最多的就是奶奶的哭号，短命的儿子，好财的儿媳妇丧尽天良，偷偷做着拐卖儿童的勾当。她的母亲在这条生意链上，只是充当一个牵线的角色。

有一次她在街上捡着废品，从衣兜里掏出奶奶给她蒸好的馒头吃得正津津有味，听见旁边围坐在一起嗑着瓜子的婶婶们聊起的闲言闲语。到最后，看着她，吐出一摊口水——

"呸！就她妈那种该千刀万剐的人，连一个才两岁的女娃都卖得出手，一路山路颠簸回来，肯定是天都看不过眼，活该她回来病快快的就快死了。"

可是那场大病没过两个月就好转，做完那一次拐卖生意之后，心狠的女人觉得这可能是老天给她的报应，便切断了联系的这条线。

怕事的女人不知道，她大病前送去的女孩后来又被转手卖给了有组织的乞讨团伙，开始了女孩苦难的一生。

而她的女儿汪茗茗，同样开始了被街头巷尾的邻居们指指点点的童年。

所以，汪茗茗在成年之后，不敢再走错一步，她要过好的生活，她不要在她被人唾弃的母亲和对她指指点点的人周围过一辈子。

病得坐不起身子的奶奶从衣服内层里颤颤巍巍地拿出一本存折，费力地拿给跪坐在床前把喉咙哭哑了的她："茗茗啊，奶奶这辈子命苦，这也总算是要苦过去了，可是你不能跟我一样啊。这里的钱你拿着，每天都要吃得饱饱的，吃贵点儿也没关系，你要过得好一点儿，千万不能跟你妈一样。"

……

汪茗茗平静地望向天边一道道被霞光镶上金边的云彩，没有犹豫地跨进了考场。

也许，那个一直没有接听的号码，她这辈子都再也无法拨通了，也是她这辈子收到的第一份却被她自己抬手挥去的温暖。

【4】

凰城的出站口拥挤又狭小，偏偏广场还立着一尊简桦不认得的神像，她撇嘴："梧城大多了。"

照着字条上的地址，她在车站前站了好一会儿才摸清路线。

手机的电量马上就要消耗殆尽，她匆匆划掉汪茗茗的未接来电记录，面无表情地揣进衣兜里。

辗转了无数条大街小巷，她终于到达。

房子只有两层，坐落在机关大院街对面的位置，门口的栅栏上的漆掉了不少，可见是没有人费心力整理过，灰扑扑地立在那里。

按响门铃后是一阵细碎的声音，隔了好久，简桦才听见栅栏里的脚步声，来人身形苍老，连走起路来也略显蹒跚，问她："找谁啊？"

简桦往后退了两步："请问是周长志先生家吗？"

老人听见名字，抬头看了她一眼，俯下身答她："先生还没回来，请问你有什么事？"

机关大院里传来一声怒吼，简桦循声看过去，觉得耳熟，又回过头："是周长林先生让我来找他的，不好意思，不知道他不在，打扰您了。"

说完就要走，老人连着听闻家里两位先生的名字，觉得就这样放姑娘走有些不妥，打开栅栏门，叫住她。

老人姓陈，听老人说早年的时候跟着周家老爷子参军，一场战役中被炮火轰了眼睛，从此看不大仔细了，退役后家里老婆孩子早不知跑哪里去了。周家老爷子听了，便将他叫了过来，管理家里的大小杂事，也就是周家的管家。

简桦觉得好笑，周家老爷子也是心善，只是等到老人这把年纪，下面没有儿孙陪着，心里也总是空落落的吧。

"周二先生前几日去了梧城吧，有好些日子了，小少爷被训斥得惨，大哥将他罚了门禁，不知是不是有关哦？"陈老将热茶递给简桦，然后在不远的木椅上坐下。

年纪大了，自然坐不惯这些软绵绵的沙发。简桦往旁边的位置挪了挪，看着他瘦骨嶙峋的双手。

"大概是吧……"她心里一惊，他说的应该是周晋彦父子。

"周先生什么时候回来？"

"我方才给他打过电话了，听闻你是梧城来的，又是周二先生唤来的，大抵快到了。平常时候很少回来的，生意上总是来来往往的。"他抬头看了看墙上的时钟，下午三时，"房子里常常只有我一个人，无事的时候就往对门走走，跟大哥下下棋。"

说到这里，他又扭头往窗户外望去，是机关大院："你且再等等，该要回来了。"

生于战时年代的人，说话带着文绉绉的味道，简桦听着犯困，也就不搭话了。

等了没一个小时，就听见院子外面停车的声音，可是半天没人开门进来，简桦等得没了耐心，起身往门外走去。

"姑娘你再等等，三先生大抵是去大哥房间了，很快就回来。"陈老在院子里修剪花草，见她出来停下手里的动作。

那就再等等吧，她站在原地不动，又听见对面的一声怒吼。

"唉。"陈老也听见了，摇摇头，"子孙也是不省心哦。"

周长志跟他两个哥哥不一样，周长建是警局处长，光看一眼就觉得很威严，在余秋浣的婚礼上，简桦是见过一面的；而周长林精于学术，身上自然是透着股墨水味儿的；可是周长志，给她一副精神又懒散的感觉。

西装革履，皮鞋锃亮，精致的西装扣，年纪看起来也才约摸四十。可是眼睛里，太过慵懒。

"三先生，简姑娘在内厅。"陈老迎着周长志，"大哥那边还好吧，我过去看看。"

听见声音，简桦心里咚咚直跳，门外是跟她血脉相连的人，可是她站在门里，像是隔着山海。

在她还不计较这些情长爱短的时候，她从来不曾幻想过有一天，会跟她的生身父母相认。早在几年前被冯哥丢进厕所，再被解救到警局的时候，她就知道，就是因为她没有父母亲的疼爱，所以她才在小小的年纪，投身进了这些生活暗洞。

在进门之前，周长志在门外踌躇，接到电话的时候，他就知道，来的人是谁。

所有人都以为周长林是为了梧城前几天的社会热点事件而去的，真的知道内情的人，也就凰城周家这几口人。

——在梧城，有周家流落在外的孩子，是他周长志的亲生女儿。

"陈伯没给你准备饭菜吗？"周长志看了她好久，真像，跟他真像。

简桦起身，开口："周先生好。"

这一声，生生将他们之间的血脉亲情拉开了好远。

"陈老年纪大了，就不麻烦了，我说几句话就走。"

周长志在她身边坐下，示意她也坐着说话就好，他态度恳切，可是简桦却不领情。

她不动："看见我是不是觉得很惊奇？"

周长志没料到她会这样问，一下子被噎得说不出话，表情尴尬。

"周家的孩子，是要回来的。"

他喃喃自语，像是说给自己听，可身边的人，同样听得清楚。

"回来？"简桦声音骤起。

"当初怎么不见你们把我找回来？我活到现在都二十一年了，这些年怎么不见你们把我找回来！"她连自己都觉得自己是个物件，是个可随意丢弃的东西。

"不是的……"周长志听见她发怒般的质问，急着就要解释，"当初我并不知道你妈妈怀着你，当初……"

"当初？如果当初你知道了又怎样？就不会把她送进监狱了？就能让我安安稳稳地生下来好好过这些年了吗？周先生，你们周家人，容得下我吗？"她不是要一个答案，她只是想为自己讨一个公道。

"简桦。"周长志站起身想拉住她，却不想被她一手打开。

"简桦？我自己都不知道自己叫什么名字，你叫得可真顺口啊。"她往后退了两步，想和他离得远一些，"你知道'简桦'这个名字是谁给我取的吗？"

想起九叔，她的眼里含了泪带了血："一个没了双手带着我走街串巷乞讨的人，是他教我识字，教会我这人世间的人情冷暖。你们呢？你们是我的谁啊？凭什么叫这个名字叫得这么自然？"

在她一个字一个字的清晰控诉下，周长志不自觉地低下了头，他是知道的，这些年她是怎样过来的，要想确定她到底是不是周家的孩子，这些年她都是怎样生活的，周家都调查得一清二楚。

"我想过的，我替你想过名字，那时候你妈妈还说，如果是个女儿，一定、一定……"说到这里，他居然哽咽得不知道怎么开口了。

他自然是爱过他的妻子的，那些年是她陪在他身边，替他打点生意场上的关系，奔波劳走，他也心疼。一次宴会上，合作商带来一个可爱的孩子，活蹦乱跳，叫人亲昵，他看着喜欢得紧，偷偷给妻子打耳语："你要是生个女儿，也会是这般聪明伶俐的。"

妻子笑，他们结婚好几年，为了事业几乎没考虑过孩子的事情，等到现在生意稳定了，她也想给他生一个伶俐乖巧的孩子，她回道："是啊，要是是个女儿，一定要给她最好的疼爱，宠成个公主我也是愿意的。"

可是这些年，她活得可不像个公主。

"一定怎么样？周先生，我敬你是长辈，可是我还是想问你一句，知道什么叫'养育恩情比生大'吗？我简桦算不上大富大贵的人，不对，根本就说不上。可是好在，这世上的好心人，将我养大到了现在。要是可以，这身体里的一血一脉，我一丁点儿都不想跟你们周家扯上关系。"

她把话说得决绝，她要的就是跟周家断了所有的关系。

"简桦，你不要这样想，当时我们谁也不知道已经有了你，如果我知道，我肯定不会签字的。简桦，谁当时也没想到，那个时候……"周长志语无伦次，他根本不知道该怎么解释当时的情况，连他自己都记不清，当时怎么就那样将他心爱的女人送去了那样的地方。

"不要这样想？我要怎么想？这些年过成什么样谁能比我更清楚？你知道我跪在大街上听着别的孩子一声声叫着自己的爸爸妈妈，我心里是什么样的感受吗？你知道我怎么为了一日三餐小心顺从看眼色吗？你又知道这几年那些人是怎样将我的心一点一点焐暖和的吗？周先生，这些你都知道吗……"

她说不下去了，她还有很多的不甘心，她从来不在意别人在她背后指指点点说她是没爹没娘的孩子，可是她的心也是肉长的，疼了会有感觉，日子一长，总有道疤刻下来的。

"我会对你好，会补偿你的，简桦，你是我的女儿啊，我怎么能知道你的存在了还放任你不管呢？你回来，你给我个机会，我……爸爸会对你好的。"男人浑身无力，眼里湿润，他过惯了锦衣玉食的生活，他根本想象不到那么一个小小的孩子，在外流浪的几年，身心有多乏累。

简桦不说话，她不想再争辩了，这些年好的坏的都过来了，就算她不想往回走，也要往前走。这一次，怎么走，她终于能自己做决定。

"周先生，我这次来，不是为了顺你的意的，"她绕过周长志，擦身而过的时候还能感受到旁边的人满身的悲伤，"我只是想告诉你，你最好不要做我会认祖归宗的准备，我根本没有那个打算。我来，只是为了让你不好过，凭什么这些年就我一个人过得不好？你们周家，永远满口的大道理、假慈悲。

"今天我活生生地站在你面前，就是想让你们周家记得，人前的荣耀满堂，因为有我，当年的污点就会一直在的，你们以为把那个女人送走就可以了事吗？就再也没了关系是吗？

"不会的，我身上有你跟她的血液，你们以为的羞耻就会一直一直在。"说完，她往门口走去，尽管腿打着哆嗦，可是她走的每一步，都掷地有声。

"简桦啊，简桦！"周长志掩面，像好多年前一样，嘴里发出呜呜的声音，就是哭不出来。

街道上人烟稀少，简桦手握成拳，心里满腔委屈。

　　这一次，她不用靠谁就能保护自己了，她也知道，这以后都要靠着她自己来垒起城墙了。

　　步伐缓慢，站在街口，她往回望。

　　那栋机关大院，在她心里塌陷成废墟。

在她自我修正的这两年里，她浑身带刺，可是这一刻，
她被圈进的这个怀抱里，有她曾经多年的梦想，让她弃
矛丢盾。

第九章
幸而得你

【1】

一别经年。

简桦小心翼翼避开的过往是她心底最深的牵挂，这些年，手机联系簿里那些熟悉的名字一个个有秩序地排着队，它们曾一次又一次欢快地跳跃在手机屏幕上，她不敢接听，也从未拨打。在最不能坚持的时候，她也死死摁住自己告诫自己，不要轻易打扰。

他们都是给过她温暖的人，可是现在连面对都变成了伤害，那么剩下的路，她就一个人走吧。

认识方纶，是在岁暮。

那时候她辗转去了好几个城市，到嵇州时身上的钱已经不够她一周的伙食。路过岁暮，看见门上张贴的招聘启事。

岁暮刚开，舒其琛和方纶三人忙着论文，对上门合作的人没有空闲招架，柳琉心有余但是力不足，思来想去，在网上发了帖招聘，连着好几天都没人回复，倒是有天下午方纶回店里取图纸的时候，有人上门，问是不是招人。

方纶心大，没问两句就录用，店铺钥匙也给了她，只说明天有人来带着上手，便匆匆走了。

第二天柳琉连着打了好几个电话给舒其琛，等舒其琛从办公室里出来回过去时，柳琉轻笑着问他："你知道方纶姐招的人是谁吗？"

被方纶随手招进来的人，是简桦。

因着和舒其琛、柳琉的关系，方纶和简桦自然也熟络了起来，房子也是方纶帮忙找的。

......

简桦看着方纶满屋子转地帮她收拾东西，从回忆中抽出来，点燃一根烟，独自去了阳台。

没多久，方纶就凑了过来："你看咱俩都是一个人住，可以互相照应，这样，你拿我家一把钥匙，我拿你家一把钥匙，以后要是出什么事儿，直接上门。"

简桦站起身子，挺得笔直，她想着，可能出什么事儿了。

房间里一下子安静，徐行灭掉烟，拿着包就要走，路过方纶的时候，深深地看了她一眼。

　　就是这一眼，让方纶丢弃了所有理智，关门声响，她一点一点滑落在地，号啕大哭。

　　简桦心里暗叫一声：妈的，真出事儿了！

　　等方纶好不容易平静下来，已经过去了两个钟头，这中间方纶的哭声一阵一阵响起，简桦觉得耳根子很久没有被人这样糟蹋过了。

　　虽然这么说很不厚道，但是她心里真的有那么一丝高兴，是对自己的自豪——在她自我修正的这两年里，她用虚张声势的方式保护了自己，没想到到今天，方纶把自己最不想让人看见的样子在她面前毫无保留地展露。

　　"因为陈克是吧？"说话要抓住重点，这是季诚楠教她的。在后来同形形色色的人交往多了，她终于明白为什么。

　　世界上最多此一举的事情就是拐弯抹角地说话，找人帮忙、求人办事，大多人喜欢避重就轻地说，然后再点明来意。对简桦小小的圈子来说，这好比同人惺惺作态，反而讨不得好。

　　方纶拿鸡蛋敷着眼睛，眼妆哭花了一半，转过头来看简桦："你说，徐行有那么好吗？他非得往上赶？我看着就不如我。"

　　简桦一早猜到方纶会提到陈克和徐行。她们相处的这两年里，虽然陈克老是处处跟方纶作对，可是方纶也就回回嘴，要说真跟陈克置气，也就曲艺坊那天。

　　这么说起来，如果不是因为爱，没有哪个女人会这样对待一个男人的。

　　可是方纶问的这个问题，让简桦心里多少有些尴尬，虽然跟徐行有芥蒂，可是不得不承认，不管是之前还是现在，徐行都是她的朋友，如果非要在"第一个"和"最好的"两个形容词中选择，她两个都不舍。

但是，方纶也是朋友。

"算了，我也是自找没趣。"刚刚哭过的嗓子还哑着，方纶大手一挥，想要跳过这个话题。

简桦拿过她手上的鸡蛋，凉了不少，换上另一个："你俩各有各的好，但是陈克喜欢谁，不是因为谁比较好。他愿意追着谁跑就追，如果他的心不在你的身上，那就跑不回来你身边的。"

"那舒其琛呢？他可是只追着你跑的。"方纶把话头一转，到了简桦身上。

客厅的灯泡忽明忽暗，没几下就宣告阵亡，屋子里熄了灯，雨幕掩着街旁路灯。

一屋子都安静下来，方纶直接把话给聊死了。

……

出了简桦家的门，雨终于见停，方纶把钥匙放进楼梯间的水表箱里，藏得隐秘。

她走出小区大门，简桦已经换好了灯泡，转过头的时候，客厅的灯正好亮起来。

在那一刻，方纶心里平静，但是歉疚就像一双手，把她的心又一点一点揪得发疼。

——简桦，对不起啊。这可能是我跟陈克之间最后的机会了。

收拾好最后一件衣服，徐行看着手机许久，还是按下了拨号键。

酒店在十七楼，刚好能看见周围的万家灯火，她在窗子边转了一圈，直到听见门铃响，意识才算终于清醒过来。

门打开，是陈克。

他注意到徐行渐渐眯起的双眼，跟第一次见面的时候一样的动作。

那时候他以为这个女孩子可能马上就要哭了，可是没想到她包一甩，冲着对面的三个北方汉子就喊："来啊！今天你们不把我办这儿你们就不是男人！"

那时候陈克跟北边的朋友正在外吃着串儿，就听见女生中气十足的一声，旁边看热闹的人稀稀拉拉地讨论着，也让他听了个大概。女生住的是隔壁店子的青旅，男女混住一间，对面其中一个北方汉子就在其中。出门的时候落了手机在床上，折回来的时候就看见汉子正在撬她的行李箱，她当即就跑下楼找了老板报了警。这下，是那北方汉子带着朋友回来找碴的。

陈克听完正笑女生没脑子，出了这事儿不赶快跑远些还在这儿盘旋着，当自己是鸟啊？找块儿好地准备落地啊？

却见三个汉子真往女生那边去，女生身子往后退，眼睛眯起，像要哭了一样。看热闹的人见情况不对，纷纷向汉子围去。陈克不知道哪根筋不对，冲上去拉了女生就要跑，可是没想到，手却被挣脱开了来。

再一看，女生把隔壁桌刚上的肘子快要啃完了。

他觉得好笑，在她身边坐下："哎，我叫陈克，交个朋友呗。"

一双油腻腻的手向他伸去，他倒也不嫌弃："徐行。"

……

徐行坐下，看着陈克藏在身后的花，扑哧笑出了声："这么大束花我是瞎了才看不见吗？"

陈克讪讪一笑，也不拘泥了，递给她她却不接，他放台面上，手解着袖扣："今天心情好？"

如果不是心情好，平常她哪会给他打电话。

"陈克，"徐行把头一转，看向窗外，"明天我就回去了。"

凳子被拖动的声音在房间里异常刺耳，陈克看她，她却不理："回哪儿？北边儿？"

徐行终于看他："回家，梧城。"

哦，梧城。他知道的，舒其琛、柳琉，还有简桦，都是那儿的人，难怪那天晚上，大家脸上的表情不断变化，原来他们都认识。

"我叫你来，是想跟你说清楚，我同你来，是来找人的，现在找着了，我也要回家了。

"当初你拉我那一把，我记着的。要是看得起我，以后来梧城了，我做东。

"陈克，其实我们不合适。"

终于说到重点了。

陈克看着她一张一合的嘴，有那么一刹那，脑子里恍惚闪过一个模糊的画面，方纶小小的身子跟在他身后，小跑起来害得脸上红红的，嘴里一直叫他："陈克……你回来……陈克……"

【2】

设计的图纸很讨合作商的喜欢，舒其琛把这个消息带来，店里的除了柳琉，其他人兴致反而高涨不起来。

即将开始一场大战，整层楼的室内设计都在他们手上，这一仗打完，他们光是佣金就能拿到不少，更不要说以后在业界将名声大噪。

方纶连着几个晚上也没有合眼，简桦同她说话时，发现她耳边上已经熬出了几根白丝。

简桦伸手去碰，方纶一下子躲过，看着她，笑得尴尬："啊！肯定是这几个晚上赶图纸累出来的。"

她自己伸手去扯，却带了几根青丝，简桦看不过，把她按在椅子上，帮她清理。

"你看那两个大男人还没你来得勤快，要是你不想看着陈克，不来店里就是了，别累着自己啊。"几根白丝被扯下来，她又帮方纶整理好耳边的头发。

方纶支着手，捻起一根细细地看，然后一口气吹掉："哪有的事，不想看这些年也看了，如果我那么不中用，还留在这儿干吗？"

"倒是你，想得怎么样？"

店门外有几个孩子在追逐着，简桦看过去，正好对上舒其琛的眼睛。

他在同柳琉说些什么，隔着一扇玻璃门，听不清，只是看向简桦的眼神里，有几分黯然。

"不用想，没可能。"她站起身，吧台里的电脑提示音响起，多半是客户咨询。

城南：方便上店看图样设计吗？

桦树林：可以，如果您方便的话。网上交图可能容易引起偏差。

这份工作容易上手，大多在店里待着，没事做做清洁，如果有客户咨询，电话、网络沟通起来也不难，很多的家装客户图方便只是简单沟通想法，倒是很少有亲自上门看图纸的。

等了很久，那边才回复："好。"

大约过了几分钟，又进来一条消息："我14号到稔州，上午到店。"

简桦做着记录，心想这客户真是闲得没事干，简单的家装设计非要从外地赶来，可是想想，刚刚自己也说了——网上交图可能容易引起偏差。今天才11号，算下来，还有三天。她把资料拿给舒其琛："客户要上店谈图纸。"

舒其琛接过，手触到简桦手上的皮肤，他心里一颤。

"后天是方纶的生日，你可别忘了。"将桌面上的图纸整理好，舒其琛一并交给简桦，临走前不忘跟她说。

方纶不是稔州人，但是长在稔州，说起这点她俩倒是相像，所以那时候两个人亲近起来话题也不少，可是说起过去的那些年，两个人都缄口未提。

她记得，那时候方纶将新织的围巾收拾好，沉如夜色的黑，样式不花哨但是耐看。

隔了没几天，就出现在陈克的脖子上，一身黑大衣，要不是结尾的地方一点花色，不仔细看，简桦真没认出来。那个时候，她就多少猜到了方纶对陈克的心意。

夏季天色晚得迟，将店铺关好，已经近七点了，可是天还亮着。

蛋糕、食材已经备齐全了，唯独少了庆贺的酒水。简桦站在超市前，一样一样放进手推车里，结账的时候，看见站在门口的人莫名其妙。

"你怎么来了？"她把手里的饮料分给舒其琛，自己开了瓶矿泉水，喝得急，差点儿呛着。

舒其琛见状手覆上她的背，却被她躲过了。

两个人站在店门前，空气里飘浮着尴尬的意味，简桦把舒其琛手里的东西接过来，先下了台阶。

"简桦。"舒其琛拉她，这下简桦没躲过，手里的东西掉在地上，发出"砰"的一声闷响。

简桦抬高下巴看着他，眼睛里满是不耐烦。

弯下腰，捡起地上的饮料，舒其琛迎接着简桦的目光："你当真……当真就不考虑一下我吗？"他说这话的时候，本来还有几分勇气，可是话到嘴边，一下子弱了一半。

舒其琛的心像是被一双无形的手抓着，等着简桦的答案。

掏空或者填满，只在简桦的一句话里。

简桦还是在他炽热的目光里败下阵来，语气肯定又直接："答案三年前我就告诉过你了，舒其琛，我跟你之间没可能，就像有些事情没有办法解决一样。"

胸腔里震响得厉害，舒其琛听见心脏咚咚直响的声音，脸色变了一阵又一阵。

简桦往前走，不去看舒其琛。

这一幕跟三年前有些不一样，那时候他还能泰然自若地面对她的拒绝，可是这相同的拒绝，过了三年，却让他变了脸色。

简桦觉得，行走人世，最不能做的就是拖泥带水，那样子既对不起别人也对不起自己。

在她的心里，舒其琛还是那个光芒万丈的男生，所以，她不能用拖泥带水扭扭捏捏的态度去对他。

到了方纶家楼下，她想起出门前还开着的水龙头，如果再开些时候，家里可能就要水漫金山了。折回身，往隔了三幢楼的家里去。

一路上她闻见风里有淡淡的蜂蜜香味，听楼下的大爷说，小区里种植的树叫作刺槐，耐腐蚀，抗腐朽，刺槐花酿的蜂蜜很甜，家家户户都爱吃。

楼下还坐着聊天的大妈，指着门前的野马车开着玩笑。简桦路过的时候也被她们的话逗笑了，拐进楼梯口的时候嘴角却不自然地抽动。

那个人站在离她三米的地方，楼上有人下来，踩亮了声控灯，他背对着光，左眼下的泪痣清晰可见。

简桦脑袋里嗡嗡地响，身体不自然地扭动，转身的时候却被男人一把拉住，带进怀里。

她听见那七百多个夜里常常在梦境里出现的声音，一遍一遍地质问她为什么没有等他？

"终于找到你了，简桦。"

她想起这前半生，磕磕绊绊，蜿蜒曲折，可是好在她自己，这些年依然耐磨难，抗腐朽。

在她自我修正的这两年里，她浑身带刺，可是这一刻，她被圈进的这个怀抱里，有她曾经多年的梦想，让她弃矛丢盾。

她把头深深陷进怀抱里，背后是他紧紧圈住她的双手，她真实地感受到他的存在，喉咙里突然一阵呜咽。

"季诚楠，我很想你啊。"

刚刚还在谈笑的大妈们各自散去，这天地间就只剩下他们两个人。

夜风微凉，月亮升起，这一夜，悲欢离合，尽数而来。

（全文完）

徐行番外

凰城的天不像梧城一样，总是灰扑扑的，一副就要下雨的样子。

教室里只有徐行一个人，现在是午休时间，大多同学结伴去食堂或者回了宿舍。她把化学书翻开，看着满满的笔记继续叹气。

转来凰城两个月了。徐爸爸因为工作忙得几乎见不着人影，徐妈妈忙着跟周围的街坊邻居做牌搭子。

午休时间一过，回教室的同学也多了起来，她坐在最后一排，看着这些熟悉却叫不上名字的面孔发呆。

旁边的座位没有人，她也乐得其所，把书摞在隔壁桌子，打算在下午上课前先睡一会儿。

"嘭！"

地面扬起灰尘，在太阳光下清楚可见，然后，她的耳朵里充斥着前排女生的嘲笑声。

"嘻嘻，你看她，也不怎么样嘛。"

"天天冷着张脸，不知道做样子给谁看。"

"哼！还不是靠转学来提高升学率！"

……

她抬起头，看着双手撑在桌子上还在嬉笑的男生："捡起来。"

男生抬脚在地上踢了踢，书面上立即落下好几个鞋印，冲她做了个嘴形，叫她小心点儿，转身就回了自己的位置。

徐行紧抓着裙身的手在不停地发抖，她不看那些还在等着她出笑话的人，把书一本一本捡起来。

周末晚上没有上自习，徐妈妈没有回家，路过冷锅冷灶的厨房时，让徐行一天里所受的委屈一下子全部爆发出来。

来凰城的两个月里，她在家连一顿热饭都没有吃上，从冰箱里拿出面包，一袋还没有吃完，门铃就响了起来。

是徐爸爸刚给她找的家教老师。

她的成绩越来越跟不上，徐爸爸在上次月考后，拿着她的成绩单，愠色地看她："徐行，你脑袋里天天装的都是些什么东西，我辛辛苦苦大江南北地跑是为了谁啊？"

她被这句话问蒙，是啊，是你们嘴里口口声声地要为我好，给我好的生活和未来啊，可是现在这样子的生活，我其实一点儿也不想要啊。

周晋彦看见她双眼通红，还有手里没吃完的一半面包，索性把书包往她房间里一撂："走！出去吃饭。"

这句话来得莫名其妙，还没等徐行反应过来，周晋彦就开了门在楼梯口等她。

正是晚春的时候，夜里的风吹得人闷闷的，徐行跟在周晋彦身后，耷拉着脑袋，想起白天时化学老师布置的作业。

他俩在巷子口的大排档坐下，矮平的圆桌上还有上一批客人留下的龙虾壳，颜色红艳艳的，徐行眯着眼看了好一会儿。

"要吃虾啊？"周晋彦拿着菜单，推到徐行的面前，手指在"龙虾"栏上轻轻叩着。

她摆手："不要不要，过敏。"

周晋彦看她把视线又转移到了隔壁桌子上的龙虾壳，忍着笑随意点了几个小菜，双手交叉问她："元素表背全了吗？"

徐行晃了晃脑袋，终于把视线挪了回来："没有。"

"方程式会配了吗？"

"不会。"

"徐行，我必须很严肃地跟你说，基本的方程式是初中学的。"

"……"

吃了饭再辅导完功课，已经晚上九点一刻了。周晋彦的自行车锁在徐行房间下面的路灯旁，她拉开窗帘，直到看不见周晋彦的影子，她才坐回书桌前，继续背那该死的化学元素表。

徐妈妈回来的时候，高跟鞋鞋跟摩擦着瓷砖地板，一声一声踩进徐行的耳朵里，她从被子里探出头来，已经凌晨了。然后是厨房里打火的声音，一直到她听见隔壁房间的门关上，徐妈妈也没有进来看看她，问她吃过饭没。

她这一天里，接连面对着羞辱还有漠视，但是好在，有个人向她伸出了手，让她想靠一靠。

第二天的化学课，胖胖的化学老师搞突击测验，在满教室的抱怨声里，徐行拿着试卷的时候，却差点儿笑出声，前排的女生回过头瞪了她一眼，但她当看不见。

上面的试题，都是昨晚周晋彦讲过的。

一堂测试下来，徐行心情很好，在位置上小声儿哼着歌，看着其他人还在翻着书各自坚持最后一道题的正确答案。

"喂！你有什么好高兴的？上次测试你可是倒数第二！"前排的女生把椅背重重靠在前桌沿上，回过头斜着眼看她。

这一下震得放在桌子左上角的水杯掉了下去，没拧紧的杯盖连带里面的水一下子全倒在了前排女生身上。

女生惊叫着站了起来，把全班的目光都吸引了过来，包括昨天那个将她的书推倒在地的男生。女生对着男生的位置喊："秦涛！她泼我水！"

名叫秦涛的男生迅速冲到徐行桌前，一脚将她桌子踢翻："道歉！"

她放眼看过去，刚刚还在讨论答案的同学全部对她指指点点，她深吸了一口气，抬头拒绝："不要。"腿却吓得发软得不行。

上课铃及时阻拦了男生准备踢向徐行的脚，他恨恨地看了她一眼："死学狗。"

"学狗"这个外号，是徐行转来班上的第一天，放学的时候好几个人把她堵在教室后门，把她的书丢进垃圾桶，还嬉笑着要把她也丢进垃圾桶里时不知道谁开玩笑给她取的。说她靠着家里的关系，四处转学就是为了把升学机会提到最高。

那天晚上她给简桦打电话，装着很惊喜的样子，跟简桦说这里的同学有多友好，说到最后，她还特意哈哈大笑两声："真的！他们对我都特别好！"

简桦在电话那头频频点头："那就好那就好，阿行你要照顾好自己啊。"

从餐厅出来，凌皓拍着周晋彦的肩膀，苦口婆心："你说你，家里给你配了辆野马车你不开，天天骑着个破单车。"

周晋彦看着凌皓屈身进了车子里，探出头问他："我送你回去？"

他摆摆手，拐进旁边的巷子，不远是市一中，他记着每周六晚上辅导的那个女孩子，就是市一中的。

巷子里没有灯，他打着手机手电，突然听见一个耳熟的声音。

循着声音过去，模糊的三个人影，熟悉的声音又起。

"你们有完没完？"

"徐行，你不要给脸不要脸，你道了歉这件事儿就当过去了。"

周晋彦见情况好像不对，往前又走了几步，心里想着，这可能是校园霸凌。

"我自己有张脸还要你给的脸干吗？神经病。"徐行受不了秦涛和前排女生的咄咄逼人，说完就穿过他们要走，却一把被秦涛拉住，一个巴掌就往她的脸上呼去。

但是迟迟没有落下。

"你妈没教过你不可以打女生？"

沙哑的声音在徐行头顶响起，她睁开刚刚被吓得闭上的眼睛，看不清模样，但是她却能清楚地辨认出旁边的人是谁。

"秦涛。"女生见比秦涛还高了大半个头的周晋彦，怕惹出什么事，拉了拉男生的书包带，"算了算了，走吧。"

周晋彦拉着徐行走出了巷子，刚刚没有灯光，现在站在路灯下，他才看见女生脸上挂着的泪珠子。

"我还以为你不怕呢。"兜里没纸，他只好伸出手帮她擦掉泪水。

手碰上徐行的脸，软软的，他鬼使神差地又捏了捏她的脸。

徐行抬头瞪他，眼睛还是红红的，看着像只发怒的小猫。

"给钱。"

周晋彦莫名其妙："什么？"

徐行打掉他的手："摸了要给钱。"

周晋彦被她逗得笑了起来，转身往学校旁边的小吃摊走去："行，请你吃饭。"

徐行："又吃饭。"

"你元素表会背了吗？"

"走走走，吃饭。"徐行现在听见元素表就头疼。

化学测验的成绩下来，徐行的成绩上升了三十名，化学老师觉得徐行可能开窍了，把她夸了一遍又一遍。

她拿着卷子，埋头修改着错误的地方，除了听见化学老师的声音，还有前面的女生讨论她会不会是作弊了。

她充耳不闻，还主动举手提问，化学老师更是乐开了花。

从这场测验之后，徐行在化学课上听得特别认真，小学的时候班主任余老师常讲："不懂就要问，一次听不懂就多问几次。"她现在把这功夫专下在化学课上。

等周六周晋彦来上辅导课的时候，她把化学书扣在他面前，完整地将元素表背了出来，背到后面自己还加了曲调，唱成了一首歌。

周晋彦从包里拿出一瓶墨水，将钢笔灌好墨水，垂着眼看她："不错，有进步，虽然跟别人比晚了太多。"

徐行这下不高兴了，抢过周晋彦手里的测试卷："你不知道，我们化学老师把我都夸成宝了，说我……对！说我将来一定会有造诣的！"

电话声音响起，周晋彦从兜里掏出手机，接电话前对她说："那你们化学老师……可能是疯了。"

搬来的房子是个小小的两居室，周晋彦出了徐行的卧室，在客厅里讲着电话，门没关紧，她听见周晋彦在外面说："现在没时间……嗯，还有好一会儿……你们别等我了……"

等再进房间的时候，徐行殷切地看着他："你有事啊？那你去吧。"

"没事，朋友聚会，不去也行。"

徐行不死心："别啊，朋友聚会可是大事，我从来不放我朋友鸽子的。"

周晋彦被她说得有些不好意思了，这次聚会是凌皓特意为了他赢得学校比赛组织的，只是没想到太仓促，时间定在了这个时候。

"那你这里怎么办？"他看着徐行将辅导书分别装进两个人的书包。

徐行看着他，一脸谄媚："带我一起去啊！"

周晋彦觉得他可能做错了一件事。

自从上次带着徐行参加了朋友聚会后，她总有各种各样的理由跟着他。连凌皓也同样觉得太过频繁。

"阿彦，你悠着点儿，那丫头可是未成年。"一杯酒下肚，凌皓看着坐在点歌台的徐行，一脸担心地跟周晋彦说。

凌皓的担心，他自然懂。

如果周家得知了他天天带着一个未成年的女孩子四处乱晃，说辞免不了，以周家的手段，动静就自然也不会小。

"我知道。"他放下酒杯，出了包厢。

正在兴头上的徐行看着出门的身影，放下话筒跟着也开门出去。

走廊里充斥着从各个包厢里传来的歌声，有温温柔柔的，有走调走得已经回不来的。

徐行在关上门的瞬间，扯着嗓子问前面的人："你去哪儿啊？"

周晋彦回过身看她，心想"真的糟了"。

他走回来，低头看着矮了他好大一截儿的徐行，声音无奈："你出来干吗？"

隔壁包厢里正狂飙着《离歌》，徐行没听清，嗓子又扯了起来——"你说什么？"

周晋彦看她好半天，拉着她的手往安静的地方去。

徐行跟着他的脚步傻乐，两个人站定在卫生间门口。

徐行踮起脚，发现自己还是矮了他一个头，只好伸直了脖子保持跟周晋彦视线齐平。

"你刚刚说什么啊？"

周晋彦眉头一沉，身子往后斜了斜，斜了半天也没能靠在墙上，他有些窘迫，沉着声音说："徐行，你这样老跟着我还上不上学了？"

徐行歪着头，在周晋彦的话里抓着漏洞："今天是周末，休月假啊。"

周晋彦直起身子："我是说，你能不能不要跟着我了？"

他想，这句话总能让她明白了吧？

但是他没想到，徐行看着他的眼睛一下子红了，眼睛里湿湿的，马上就要哭出来。

"你烦我啊？"她声音软软的。

周晋彦慌了神，手脚不知道该怎么放，想伸出手安抚她，半路却缩了回来挠挠头。

"不是，你别哭啊。"他看见她脸上又有了豆大的水珠子，"你说你还是个未成年的女孩子，老跟着我来这些人群复杂的场所也不太好。"

"你保护我就好了啊！"徐行打断他的话。

周晋彦脸色一沉："徐行，我是你的家教老师，只能负责你的成绩，不负责你的安危。"

周晋彦以为，他能用这句话吓住徐行，可是出乎他意料的是，这并没有用。

徐行还是老跟着他，以至于好长一段时间，除了上家教课，他也不怎么出门。

但是，手机里的短信却从来没有断过。

——今天化学测试最后一道题我没有解出来哎。

——学校新开了家甜品店，你要不要去啊？

——化合物为什么会和氧气产生反应啊？

……

周晋彦被这些短信骚扰得没有办法，周六辅导课结束的时候，他说道："下个周末开始我就不来了，以你现在的成绩，根本用不着辅导了。"

徐行问他："你烦我啊？"

上一次他回答说不是，她还能得寸进尺，可是这一次周晋彦连想都没有想，一句"是"干脆得很。

徐行扭过头，她心里十分清楚，知道什么时候可以用撒娇来挽留，也知道什么时候该理智地面对，问他："你是不是也觉得我是个麻烦？"

在徐行的记忆里，她一直在不停地转学，最长的一次在一个学校上学，是小学毕业前，徐爸爸回了梧城。她以为她终于可以在一个地方定下来，不用还没有交到新朋友就又打包行李跟着徐爸爸徐妈妈坐上开往下一个她连城市名字都不会写的地方。可是升上初中没一个月，她又开始了这样的生活。

她觉得，她像是被牵引着漂泊，从一个地方到下一个地方，她只是被打包在徐爸爸行李箱里的一样物件，不用问想不想愿不愿意，只要跟着走就好了。

她唯一哭闹过的一次，在徐妈妈急着跟新邻居做牌搭子的时候，徐妈妈横着眼看她："要不是为了你，我也懒得四处跑来跑去的，你不要没事找事好不好？"

没事找事，在她刚刚学会暗喻造句的时候，她就知道，往明了说，就是麻烦的意思。

周晋彦真的再也没有来过。

日子还像以前一样，徐爸爸忙得依然很少时间回家，徐妈妈为了结识有权人家的富太太同样也顾不上她。

她有些时候也跟简桦通通电话，手里把玩着周晋彦落在她这里的墨水瓶，把自己伪装成跟同学常常嬉笑打闹，周末总约着出去逛街玩耍的样子。挂电话的时候，她还总不忘跟简桦说："你也要多出去走走啊，多交交朋友啊，老是这么闷早晚把你闷成个傻子。"

六月末的时候，徐爸爸升职，公司的酒会可以带着家属参加，徐行跟在一路赔笑的徐爸爸徐妈妈身后，看着流光溢彩的酒店大厅，觉得这样子的生活其实跟她并不搭边。

徐爸爸的上司是个腆着啤酒肚的中年大叔，恭敬地跟在一位头发花白的老爷子身后。徐爸爸上前打着招呼，中年大叔热情介绍："周老，这是徐部长，做事很认真的。"

徐行偷偷跑出了酒店，她躲在酒店旁边的灌木丛里，哆哆嗦嗦地从包里抽出一根烟，点火的时候却被一声叫住。

她害怕地站起身，五星级的酒店，她想着会不会是服务员，可是刚刚那个人，准确无误地叫出了她的名字。

她往声音传来的地方看过去，一身白色西装，显得身形修长，看着她的脸上是一脸不可置信。她在看清对方的脸后，瞬间模糊了眼。

"周晋彦啊。"她的声音低低的，在四下安静的环境里传进周晋彦的耳朵里。

他的心里跌宕起伏，再见到这个小小的姑娘，他终于知道这一个月里他心里缺失掉的部分丢在了哪里。

"你在这里干什么？"周晋彦踩过青石板，徐行看着他擦得发亮的皮鞋慢慢向他靠近，两个人的距离不到两米，她身体往前，一把抓住周晋彦的衣袖。

"你怎么都不回我消息啊？我给你发了那么多短信，你怎么都不回一条给我啊？"她说得艰难，心里被揪得发紧。

周晋彦把她搂进怀里，左手轻轻拍在她的背上："你别哭了。"

徐行哭得声音嘤嘤的，像一只讨食的小奶猫。

他的手不停在她的背上轻轻拍着，心里酸酸的，很难受。

四下太过安静了，能清楚地听见从酒店大厅里传来的舒缓浪漫的爵士乐，他兴起，问还在他怀里的人："会跳舞吗？"

一曲舞罢，脸红的徐行歪头靠在周晋彦的肩上，她这一刻不想再去逼问他为什么对她的消息视而不见了，她眼睛里亮晶晶的，抬起头正视着他。

"周晋彦，我喜欢你，很喜欢你。"

周晋彦只觉得眼前一黑，然后一片柔软贴在他的唇瓣上，淡淡的樱花味。

这个味道自此以后在他心里记挂了好久。但是他还没回答她那一句

"你是不是也觉得我是个麻烦"，麻烦就真的产生。

第二天凰城都市报，在头条新闻的下方，标题赫然——周家小公子夜会未成年高中女生，画面火辣！旁边的版面刊登着一张特意放大了的照片，照片定格在徐行吻在他嘴上的一瞬间。

周老爷子震怒，将他禁足在机关大院里，三层楼的院子，把他跟徐行的距离一下子拉开到凰城到梧城的距离。

凌皓偷偷帮他打听着消息。

——她爸爸刚升了职，本来那天跟老爷子也打了照面，可是新闻一出，老爷子施压又把她爸爸降回了原来的职位。

——听说他爸关了她三天，后来送她回了奶奶家。

——阿彦啊，当初我就跟你说了，得悠着来，老爷子的手段你也是知道的，这下你们俩想再见面就难了。

"这下你们俩想再见面就难了。"周晋彦在这一句话话尾的时候，孩子气地号啕大哭起来，他还没告诉她他心里有个位置被她占据得满满的，他还没同她说一点儿也不觉得她是个麻烦，她很可爱，真的真的，很可爱。

一周以后，徐行站在圣亚高中的门口，看见简桦的时候，她跑了过去。

在那一刻，她终于结束了被牵引的漂泊，又回到了她生根的地方。

可是她知道，她的心，掉落在了另一处地方。

方纶番外

　　门前的枇杷树结出了果子，个个颜色黄澄澄的。现在太阳西下，爷爷奶奶还在田里劳作，方纶手里抓着细长的竹竿，人倚在院门前。

　　田里有青蛙呱呱叫的声音，方纶喜欢这样的惬意生活，跟城里比起来，乡下地方山好水好，把她养得水灵灵的。每年暑假结束时，就是妈妈最忧愁的时候："哎哟，怎么又胖了？"

　　各家各户开灶生火，离城市不远的这个小村子，大多的村民还保留着淳朴的生活习惯——捡柴火烧火做饭，每家每户前都是垒得高高的草垛子。炊烟升起，转着弯儿往竹林散去，晚霞布在天际，不时有两三只鸟低空飞过。方纶睁开眼睛，看见田的那头爷爷奶奶往回走的身影。

　　"啪"——踩响树枝的声音。

　　方纶看过去，一个小小的身影正顺着枇杷树往上爬，手脚并用，有些滑稽。

她手举过头，把竹竿打在树枝上啪啪作响："下来！"

身影顿了一顿，没想到这么快就被发现，他手足无措地往上又攀爬了两下，但是下面的竹竿打得他着实有些害怕，又慢慢缩了下来。

身影在离地两米的时候突然跳了下来，方纶被吓得往后一跳，自己反而跌坐在了地上。

"陈克！你很烦哎！"

陈克的晚饭在方纶家解决。

奶奶特意烧了红烧肉，往两个孩子碗里夹得停不下来，看着自己家孙女比陈克还壮了一圈，她往方纶碗里夹菜的动作没有刚刚那么频繁了。

方纶仔细数着自己碗里的肉，然后筷子一丢，撇起了嘴："奶奶偏心。"

爷爷在旁边看见她这反应，把自己碗里的肉又夹给她："陈克也吃，你也多吃些。"

她正高兴，碗里又多了双筷子。

陈克将她的肉又分走好一些："方纶你再吃下去你妈就该哭了。"

方纶这下急了，碗一推，自己生着闷气。

爷爷奶奶不管她，方妈妈走之前说了："千万不要惯，小时候惯多了等长大了就无法无天了。"两个老人索性自己吃了起来，奶奶还是不忘再往陈克碗里夹菜。

方纶没招了，现在吃饭为大，她狼吞虎咽地扒拉了好几口饭，筷子碰到红烧肉的时候，她赌气似的夹进了陈克碗里："吃吧！吃得比我还胖！"

方纶其实不胖，只是脸上肉肉的，活脱脱的包子脸，看起来人鼓鼓的。再加上陈克本来就一副营养不良的样子，自然两个人站在一起，显得方纶壮了些。

晚饭后，爷爷留陈克在院子里乘凉，一大一小坐在摇椅里，蒲扇打着风，夜里虫声多，重合起来听着也有番乐趣。方纶搭着小板凳，扯了根狗尾巴草，圈成一个圈儿，重复打着结。

等一枚廉价戒指编好，她听见半坡上一声男人的咒骂："陈克！你死哪儿去了！"

陈克一溜烟儿地爬上半山坡，缩着身子跟在男人身后，男人嘴里还在骂骂咧咧。方纶心里正感激陈爸爸帮她治了陈克，却看见从堂屋里出来抹着泪的奶奶："那娃怎么办哦？也没娘，跟着个没出息的爹，连饭都吃不饱。"

爷爷把烟枪在地上磕了两下，抖出藏在最里面的烟垢，从上衣口袋里掏出新烟叶子，卷成一圈儿，点上火："造化啊，都是个人的造化啊。"

方纶每年暑假回乡下老家时，总能看见坐在院里的陈克。

他们家的房子在爷爷家旁边的半山坡上，矮平的两间瓦房，一间大堂，一间睡觉的地方，厨房在院子里，扯了块儿牛津布遮挡着。

那天奶奶给方纶洗着头，不巧下起了雨，蹒跚的身子牵着方纶回堂屋，又出来看见陈克把牛津布遮挡下的锅碗瓢盆往大堂里搬。

"陈克，来奶奶这儿吃饭！"

方纶其实还蛮喜欢这个个子比她矮的男生，他个子小小的，就说明她可以欺负他。班上的同学就是这样的，谁瘦小一点儿，谁就得当跟在身后的那个人。

不等雨停，方纶从院子前扯了两片大一些的芭蕉叶，分给陈克一片，眼里挑衅地问他："敢不敢跟我去林子里捉八角儿？"

陈克一下子自信满满。村子里谁也没有他会捉八角儿，以至于其他孩子都不愿意跟他玩，方纶这下问他，反而让他挑了挑眉："走啊！看谁捉得多！"

说完，一马当先地奔向了后山的竹林。

下雨天山坡路滑，八角儿没有抓着，陈克却掉下了渠水道，磕破了脑袋，扎扎实实缝了八针。

奶奶熬了汤，让方纶送过去，陈克坐在床上，一脸忧愁："轮子，要是留疤怎么办啊？"

伤口在后脑勺，纱布缠得严严实实的，方纶想去碰，又怕把他弄疼了："奶奶说等头发长出来就看不见的。"

隔了好一会儿，方纶小声地抽泣起来："陈克对不起啊，我不知道那下面是滑坡，对不起啊……"

眼泪和鼻涕糊了一脸，陈克扯了衣袖去帮她擦，反而安慰起她来："你不说不留疤嘛，我都没哭你哭个什么劲儿啊？"

方纶伸出手背抹着眼泪，出于歉疚，语气诚恳地说："以后枇杷树上的枇杷你随便吃，我再也不拿竿子打你了，再也不了！"

陈克想起枇杷酸甜的味道，吸了吸口水点头答道："好好好！"

八月末的时候，两个人吃完一整树的枇杷，方纶也被方妈妈接回了城里。临走前，她跑进陈克那间矮平的房间，问他："陈克你有梦想吗？"

小学三年级的暑假作业，老师布置了一篇命题作文——我的梦想。

方妈妈抽查了她的作文，被方纶稚嫩的语言逗笑："梦想是一种能让你感到坚持就是幸福的东西，如果你的梦想就是吃东西的话，那会成为妈妈的噩梦的。"

然后她委屈自己打消了这个梦想，可是让她再想，她就想不出了。

陈克头上的纱布已经拆了，缝线的地方微微凸起，像是一条毛毛虫。他把洗好的衣服晾起，语气讪讪："我啊，我想见我妈妈。"

"那就去见啊！"

陈克摇了摇头："她在一个很远很远的地方，我这辈子……可能都见不到她了。"

方纶被陈克说得一愣一愣的，一辈子，好长的啊。

"那你还有其他的梦想吗？"

"离开我爸。"

陈克的第二个梦想，在第二年的清明节实现了。

陈爸爸和同村的混混去隔壁村子的鱼塘偷鱼，被鱼塘主人发现，半夜里没有灯光，下手不知道轻重，活活把鱼塘主人打死了。他匆匆赶回家，换了血衣丢进后山的竹林，还没来得及叫醒陈克，就跟着另外几个混混跑了。

陈克的舅舅从省里赶回来，祭拜了姐姐，拉着个子小小的陈克，痛哭流涕："姐啊！当初你就不该跟着这个浑蛋啊！你这一辈子就是败在了他的手里啊！"

陈克看着坐在坟前哭得肩膀颤抖的男人，认定他爸爸真的是一个浑蛋。

方纶跟着爸爸回乡祭祖，书包里揣着最近最流行的大白兔奶糖，吃进嘴巴里甜甜的，比枇杷好吃多了。她放下书包就往陈克家跑，大门紧锁，又跑回来。

"奶奶，陈克呢？"她撕掉糖衣，甜味儿在嘴里散开。

奶奶叹气声不断："走了，他爸杀了人，刚被他舅舅接走了。"

方纶抓起一把大白兔奶糖，拔腿就跑。

车子得上大道，从后山翻过去有条近道。她跑过陈克摔下去的滑坡，穿过竹林，看到大道的时候车子正巧开过。

她跑下去，嘴里大声喊着："陈克……陈克……"

车子里的男生没有听见，后来有一天晚上做梦梦见，方纶小小的身子跟在他身后，小跑起来害得脸上红红的，嘴里一直叫他："陈克……

你回来……陈克……"他停下来看她，女生的嘴一张一合，"恭喜你啊，梦想实现。"

方纶再见到陈克，是高中入学典礼那天，陈克站在主席台上，以全市第一名的身份代表新生致辞。

这番演讲不像教导主任预想般的激励人心，陈克在讲到一半后，扔掉手里的演讲稿，扯动嘴角："不是谁都能像我一样天赋异禀的，你们……"

教导主任看苗头不对，一把扯过话筒，眼色凌厉地看着陈克。

典礼结束后，新生们纷纷讨论着刚刚讲台上的男生有多酷，脑子又聪明，长相也不错。

方纶跟在班级的最后面，手里还提着课桌板凳，糊里糊涂地走进了教室。穿过教室的走廊，回到座位上，陈克就坐在她的位置上。

"咦？你……"她正好奇陈克怎么在这里，面前的男生抬起头，一脸狐疑地看着她。她四处看一圈，红着脸跑出了教室。

这是高一 34 班，她的班级在楼上。

一直到文理分科前，方纶都不曾和陈克打过几次照面。他们两个的班级分别在楼上楼下，学校明令禁止不可以相互串班，唯一一次两人单独相处，是在物理竞赛的后台。

学校这样的竞赛有很多，今天数学，明天物理，在接连两天两个人都获奖后,陈克看着收拾书包的方纶:"你就是市里第二名升上来的那个方纶吧?"

这句话问得太陌生,像他从未认识过她一样。

方纶看着他,她以为,陈克至少是记着她的。

"嗯。"她轻轻点了点头,就退出了后台房间,同行的女生一把圈住她的胳膊:"方纶,赢了得请客啊,附近有家新开的大排档还不错啊。"

她回过头,听见陈克还在跟老师讨论着这次比赛的试题。

"太简单了,我连准备功夫都没下。"

"你小子,可不要太狂妄了啊哈哈哈!"

方纶合上眼,果然,天赋异禀啊。

分科后,方纶被分到 34 班,理科班的老师都争相抢着要她,34 班的班主任站在众班主任面前,鼻子里哼气:"我就是想看看她跟陈克之间,能把对方逼到什么地步?"

老师的这句话,自然指的是成绩上面,但是在同学间相互流传着,就变了味道。

几个女生在厕所隔间里八卦:"方纶也真是有出息,哪里有陈克就往哪里凑,比赛而已嘛,谁不会拿个奖似的啊?"

"就是,要不是她大方,谁要跟她一块儿玩啊,嘻嘻,你们都没看见她每次看陈克那眼神,哎哟……"

"你们还不知道吧?陈克啊,之前出了车祸。"

"啊？怎么回事啊？"

"他住舅舅家，可是舅妈不喜欢他，跟他舅舅吵了好几次。有一天终于受不了了，带着他表妹离家出走，他出去找，出了车祸。好像说后脑勺里本来就有淤血，这下更不得了了，直接躺了大半年，醒来后以前的好多事都忘了。"

……

车祸啊。后脑勺里的淤血，应该是那一次他从后山掉下去磕的吧。

方纶失神地走出厕所隔间，说话的几个女孩子看见她，一下子闭了嘴。

"呀！方纶啊，你怎么在这儿啊？"比赛那天在后台等她的那个女生先说话了。

方纶不看她，直接走出了厕所："上厕所啊。"

她努力地克制，但还是能听清自己喉咙里的哽咽。

真伤心啊，因为陈克，也因为，并没有人拿她当朋友啊。

高二课程少了历史和地理，方纶把大多的时间全花在了数学上。

尖子班只有她一个女生，全班男生都把她当宝贝疼，陈克不像其他男生一般如饥似渴，但对方纶的照顾也不少。

搬物理课器材，拿化学工具，举手之劳的他都做。

方纶拿大白兔奶糖谢谢他，陈克笑着接过："轮子，你把我当奶娃啊？"

他还是叫她轮子，只是不记得他们以前的事了。

那段小小的记忆，被方纶一个人宝贝珍藏着，她不同人分享也不跟陈克提起。想不起来也好，他不用记得他那个杀过人的爸爸。

高二结束，高三开始，教室从三楼搬到一楼。

方纶和陈克坐前后排，陈克总是把她的凳子踢得响，她回头，两个人下起五子棋。

紧张的复习让人的大脑都快要麻痹了，座位相邻的同学间，总有一些让人稍稍放松的娱乐。

陈克从来不费脑力，自习的时候都在偷偷研究设计图。只是抬头看见方纶抓头，他就抬腿踢踢方纶的凳子，拿出一张白纸，先下了黑棋。

他们两个靠窗户而坐，窗户的另一边是围起来的小花坛，虫声响起，夏天来临。

高三动员大会，高三的学生和老师坐在烈阳下，信誓旦旦地宣誓。

方纶觉得头晕目眩，一下子摔倒在地，人群轰动，她被人抱去医务室。

天花板上的风扇吹得呜呜作响，风从窗洞里吹进来，方纶醒来的时候，大会已经结束了快一个小时了。

陈克坐在床边，手里涂涂画画。

"你怎么没回教室啊？"阳光打进来，照得陈克身上仿佛有一层光圈，她细细看，找着了陈克后脑勺上的疤。

过了好几年了，那里没有像奶奶说的长出头发，还是像一条毛毛虫一样，长在他的后脑勺。

"反正教室里面也闷，就来这儿坐坐咯。"他把医务室说得像茶楼一样的地方，只要想来，就随时都能来。

他的手指很长，以前她不喜欢剥枇杷皮，都是他代劳，那时候她就觉得陈克的手细长细长的，现在拿着画笔，干净得好看。

"方纶，你有梦想吗？"陈克扣上画本，看着她问。

梦想？

她也这么问过他。那个时候她年纪小小的，喜欢吃，可是这个梦想会成为妈妈的噩梦，她就放弃了。那以后，她一直没有想过什么梦想。

她摇摇头："没有。"

陈克看她，一副没有长进的样子："那你那么努力干吗？"

"就是想努力啊。"

陈克起身，把画本放在休息床上。

"那你呢？你还有什么梦想？"方纶问他。

"室内设计师。我想把每个家庭，都装成温馨的样子。"

他没有办法把心生嫌隙的家人拉紧在一起，但是他总要想想别的办法，怎么把相亲相爱的感觉找回来。

吊完水，已经是晚自习的时间，医务室的老师拿了两支葡萄糖给方纶："你身子很虚啊，注意不要频繁熬夜。"

陈克带她去食堂，她看着没有胃口，两个人坐在食堂里，大眼瞪小眼。

"你不吃我可吃了啊？"陈克把饭菜挪到自己面前。

方纶看他："你吃啊。"

然后扭过头，不看他，她想起爷爷奶奶。

一只手捏上她的脸："轮子你好瘦哦，胖点儿好看些，但不能太胖。"

方纶起身往教室走："快吃吧你。"

陈克没看见，方纶哭出来的样子。

她想起小时候，她总说奶奶偏心，陈克碗里的饭菜永远比她的多，陈克总是笑她："轮子你再吃你妈妈就要哭了。"那段日子过去太久了，久到在陈克记忆里，根本不曾有过她。

六月初，高考匆匆结束。

方纶没有参加同学聚会。

高考完的那个晚上，方纶奶奶去世，她坐在奶奶的坟前，隔着不远是当年陈克滑落下去的山坡。

"奶奶，我要去守护我的梦想了。妈妈说，梦想是一种能让人感到坚持就是幸福的事情，以前我没有，现在我找到了。"她站在滑坡前面的位置，"梦想啊，真的是能让人想一想，就觉得是件幸福的事。"

淅沥沥的小雨下了起来。她看见那一年她和陈克小小的身影，她胆子大，往山坡边越走越近，八角儿就攀在山坡外面的树叶上，她一边叫着陈克一边往前去，手臂一把被人抓住，陈克从她眼前跌落，她的手还没来得及拉住陈克，就听见一声闷哼。

那一年陈克用他小小的身子保护了她，那么以后换她来。

九月初，稽州大学新生报到。

陈克在新生报到处看见灰头土脸提着行李箱的方纶，她脸上的汗珠从额头滑落到下巴，伸手抹掉正对着他笑。

"好巧啊陈克，我是室内设计1102班新生，你呢？"

陈克看着她花了的脸，挑眉笑出了声。

刚刚他填写的新生注册表上，是他扭扭歪歪的字迹——室内设计1102。

图书在版编目（CIP）数据

刺槐 / 野桐著 . -- 上海：上海文化出版社 ,2017.10（2020.1 重印）
ISBN 978-7-5535-0796-5

Ⅰ.①刺… Ⅱ.①野… Ⅲ.①长篇小说 – 中国 – 当代 Ⅳ.① I247.5

中国版本图书馆 CIP 数据核字 (2017) 第 160749 号

责任编辑　蔡美凤　詹明瑜
特约编辑　廖　妍
装帧设计　刘　艳　米　籽
特约绘制　苡米昔
印务监制　周仲智
责任校对　彭　佳

刺槐

野桐　著

出　　版　上海文化出版社
出　　品　上海故事会文化传媒有限公司
　　　　　（200020 上海市绍兴路 74 号　www.storychina.cn）
发　　行　上海文艺出版社发行中心
　　　　　（上海市绍兴路 50 号）
印　　刷　三河市华东印刷有限公司
开　　本　880×1230　1/32　印　张　9.125
版　　次　2017 年 10 月第 1 版　印　次　2020 年 1 月第 2 次印刷
书　　号　ISBN 978-7-5535-0796-5/I.253
定　　价　39.80 元

 上海故事会文化传媒有限公司　出品（00683）www.storychina.cn

本书如有印装问题，请与印刷厂联系调换。联系电话: 0731-82755298